或许在时间的尽头 我所找寻的不是永恒而是你
Perhaps at the end of life, I'm just looking for you not forever.

你曾陪我在最初的地方 I
Once In Memory

安陌◎著

綫裝書局

图书在版编目（CIP）数据

你曾陪我在最初的地方 Ⅰ / 安陌著 . -- 北京 : 线装书局，2013.12
ISBN 978-7-5120-1160-1

Ⅰ . ①你… Ⅱ . ①安… Ⅲ . ①都市小说 — 中国 — 当代 Ⅳ . ①I247.5

中国版本图书馆 CIP 数据核字（2013）第 286096 号

你曾陪我在最初的地方 Ⅰ

作　　者：安　陌
出 品 人：耿　帅
执行编辑：杨越博
责任编辑：肖玉平
媒体运营：颜昕悦
出版发行：线装书局
地　址：北京市西城区鼓楼西大街41号（100009）
电　话：010-64045283　64041012
网　址：www.xzhbc.com
经　　销：新华书店
印　　刷：大连海大印刷有限公司
开　　本：880mm×1200mm　1/32
印　　张：8
字　　数：60千字
版　　次：2014年5月第1版第1次印刷
印　　数：0001—1000册

定　　价：52.80元

纵使寂寞开成海，让我们用文字慰藉彼此。By 耿 帅

目 录
CONTENTS

一路下来，每个人都在经历着各自的人生，追寻着各自渴望的爱情。在那无限于接近未知的路上，谁也无法断言，到底会经历些什么。

因为求不得、舍不了，所以直接导致了矛盾不堪的现实：

每日穿梭于繁华的城市之间，混迹于都市白领的生活圈里，不停地打磨自己，沉迷，但又清醒地与爱情周旋，最后，奋力地挣扎。

当所有的记忆都停留在一点，才不得不去思考，人生的最初形态，该是何种模样？

那些拼拼凑凑的坚强，最终化作破茧成蝶的勇气。

磕绊之中，总会遇到不同的人。有人来了，便有人会走。正因为如此，人生这个大圈才有可能得以完成。

因为不再爱，所以不再恨。因为继续爱，所以才坚持。

尽管回忆会苍老，刻骨铭心会淡却，但那破茧后的重生，却耗尽了我所有的思考。

因为有你，在那最初的地方，拥我入怀。

Chapter 1
幸福还有多远

我害怕麻木地生活在城市里，
忘记了过去，看不到未来。
所以，我总会不自觉给自己希望，
去相信，
幸福该是存在于某个未知的未来，
可是却又从未想过，
幸福离我到底还有多远？

1.

医院消毒水的味道似乎还在鼻间环绕未曾散去，而那些从面前经过的人群，却早已模糊不清。仰起头时发现，天空已不再透明。

在赶往未来的路上，我们无法去埋怨那些命运里将会出现的不公。

回想起在这座城市生活过的日日夜夜，一瞬间，记忆疯狂地吞噬着每一处神经，我却只能停在原地，任由那些已经定格的画面缠绕着自己，直至沉重得无法喘息。

去年六月，一个记忆已经模糊的日子，我辞去了养活自己三年的工作。

在进HR办公室之前，我就一直在想，南京是个生活节奏不算快的城市，再加上一份安逸的工作，总是容易让人滋生懒惰的情绪。我害怕像那样麻木地生活在城市里，忘记了过去，看不到未来。所以，我总会不自觉地给自己希望，去相信幸福该是存在于某个未知的未来，可却又从未想过，幸福离我到底还有多远？

等到回过神的时候，我已经站在HR办公室里了。

自从我与共事了三年的Vicky说要辞职之后，她就开始在我耳边喋喋不休，她实在不明白我为什么会放弃这样一份待遇不算差而且又算安逸的工作。更让她疑惑的是，为什么我偏要在这个时间辞职，然后挤进成千上万的找工作大军中，去抢那些为数不多的优质岗位。

其实，我也不是很明白，或许，我只是厌倦了，对现有的工作以及现有的生活方式。

等我再次把注意力集中到HR经理那时，她已经看完了我的辞职信——那不到一页的书面客套，然后就见她抬起头略带遗憾地看着我，再客套地问上几句。

无奈之下，我只好把那些早就编好的理由拿出来，无非就是公司本身其实很不错，几年来对自己的成长也有很多帮助，可是为了提高自身进一步的发展，所以决定离开，去寻找新的环境尔尔。最后，我们互相道别，就此，我便要为了生计去找另一份工作。

晚上回到家里，收拾好一切后就开始在网上闲逛，打开MSN的时候已经10点了，看到远在华盛顿的苏沫竟然破天荒的在线，对于与自己相隔13小时时差的她来说，大清早9点就爬起来挂在网上，实属难得。于是，我就随便敲了一句“我辞职了”。

“哦，怎么，你这是终于要换地儿找男人了？”

这女人一向都是，口无遮拦，没个正形。对她不关心的事儿从来不会多问一句，对她感兴趣的事儿却总是究根究底。

都不记得，是从什么时候开始跟这个没心没肺的女人熟识起来的。

“是呀，在一个地方待了三年，也没发现一

支潜力股，也该换地儿去发展了。”有时候，没正形的又何止她一个人啊！

“这年头，潜力股被发现的时候已然是钻五了，你还是省省心吧。”

她速度敲过来这么一句，我似乎都能看到她正顶着那一脸欠揍的表情。

“那可不行，我可不想浪费了大好青春，等到了人老珠黄才学着去勾搭男人。”我从来不否认，女人应该趁着年轻的时候尽量去推销自己。

“得，你就没诚心去找，也就跟我过过嘴瘾吧！”她总是一针见血地提醒我，这个时候的我或许就只能被打回原形了。

“诚心，绝对诚心！我都不知道在佛前求了几千年了！”哪怕被打回了原形，我也习惯了继续嘴硬。

“姑娘，看见了对眼的男人就主动点吧，别端着你大小姐的自尊，你那点自尊和孤独终老相比，不值一提！”

她自己对男人、对爱情从来不抱有希望，却总不忘劝我要改邪归正，追求那些还看不到的幸福。

其实，在斗嘴这件事上，我从没赢过她，不是因为斗不过，而是往往都会被她赤裸裸的话戳到痛处，让我无言以对。可是，却也只有她，能看到那如此不堪的我。

“我上课去了，被你这女人一耽搁，我又得迟到了。”

真不知道该说她没心没肺，还是通情达理，每每看到我无言以对的时候，她总会巧妙地转移话题，而且还能数落我一身的欲加之罪。这辈子，肯定就跟这女人耗上了。

回她一个挥手的表情，我关掉了MSN，开始捣鼓我的简历，从明天开始，就要为找工作而奔波了。

2.

我学的电子商务，大学四年下来，到就业的时候才发现，这就一市场需求大却就业低的专业。

在家待了两天，零零散散往外投了五六封简历，然后开始接到个别公司的面试电话，去了两家，基本都是因为薪资没谈拢就不了了之了。

星期四大清早接到一电话，我带着还没睡醒的语调接通了电话。

“喂，哪位？”

要不是因为考虑到可能是面试的电话，对于大清早吵醒我的电话，我都会选择无视。

“您好，是叶小姐吗？”对方口气听起来很礼貌。

“嗯，是我，请问您是？”对于礼貌的人，我一向不会排斥，哪怕大清早被她吵醒会有些不爽。

“不好意思，冒昧地给你打电话，我这边是V.M公司，因为我们这边跟一家猎头公司有合作，而他们向我们推荐了你的简历，我们这边又刚好有个职位适合你，请问你要不要考虑一下，来我们公司面试一下呢？”

对方的一连串话语让我云里雾里了一番，对于一个还未彻底睡醒的人而言，难免会产生一些错觉。自从在网上投简历后，就莫名其妙地接到各种公司打来的面试电话，都是一些我没有投过简历的，所以我稍微迟疑了一会。

“抱歉，没太听清楚，请问你们什么公司？还有，是什么职位呢？”我索性坐起来靠在床头，随意扒拉着被自己睡得乱七八糟的头发。

“嗯，是这样的，我已经将具体的情况发到你简历上的那个邮箱了，你现在方便的话，可以查看下邮件，里面都有详细的介绍。”

“哦，那好，我现在开电脑看下。”有些头痛，估计是昨晚睡得太晚的缘故。

“嗯，那你先看，有问题可以E-mail跟我联系，然后我们再约面试的时间，可以吗？”对方的口气丝毫没有因为我的态度而有所改变，礼貌而恭敬。

“好的。”

挂掉电话后，我看了眼手机上的时间，原来已经快11点了，估计是因为阴天的缘故，害我还以为是大清早。随便按了按胀痛的脑袋，打开放在床边的笔记本电脑，翻到邮件的时候，看到了那家公司的HR给我发的邮件。

V.M公司，在业内的口碑很不错，做的是互联网整合营销，提供SEM（搜索引擎营销）、IWOM（网络口碑）、SEO（搜索引擎优化）、网络互动营销、网络公关等服务，算是一家全案公司。

看完邮件，大致了解到，他们让我去面试的岗位是项目运营经理，一个费神费脑还费交际的岗位，不过对现在的我而言，却恰恰是一个很好的挑战。

我很爽快地给他们的HR回了封E-mail，过了十几分钟，电话响了。

“您好，叶小姐，我是刚给你打电话的V.M公司的HR。”对方的语气依旧那么礼貌有加。

“嗯，您好。”可惜我在很多时候，总是不善于接话。

“很高兴你愿意来我们公司面试，可以请问一下，你时间上什么时候比较方便呢？”

“明天下午吧，可以吗？”

“好的，那我就跟这个部门的总监约明天下午的时间了。具体时间的话，就明天下午两点半吧，怎么样？”

“嗯，可以。还有，怎么称呼您？部门总监贵姓呢？”既然决定要去面试了，至少关键人物还是要打听清楚的。

“哦，不好意思，忘了自我介绍，喊我Hedy就好了。你要面试的职位隶属于网络营销事业部，这个部门的总监姓沈。”她的声音听起来，比开始的时候轻快了。

“嗯，好的，那我明天下午过去。”

“期待你明天下午的面试，那我先忙了，再见。”

“再见。”

挂掉电话后，我已完全清醒，把自己扔进洗手间好好收拾了一下，然后开始捣腾一些吃的。忙完后，就开始为明天的面试做准备，想着，至少不能太丢人。

晚上睡觉的时候，我选择关掉了手机，既然第二天要去面试，上午就不想莫名其妙地被人吵醒。从某种程度上讲，我应该属于那种没有什么危机感的人。

离约定的时间还有1个小时，根据昨天查的路线图，估计有半个小时的公交车程，我收拾好便出门。

抵达目的地的时候，已经两点十分了。看到那家公司所在的大楼，突然有一种莫名的窒息感，不是来自即将面试的工作，而是来自于这个别样的大楼。

本来那些高档写字楼上的单向玻璃，就已经把里面的人和外界隔绝得远远的。可这栋楼在那玻璃之外，竟然还罩着一整栋类似铁丝网状的隔层，简直就像是一个巨形的监狱，牢牢地把这群所谓的白领封锁在了里面，只能麻木又疲惫地穿梭在楼层之间。

不过，又能怎样，想要在大都市里面过活，就不得不接受这个城市的一切，包括这些建筑。

我甩掉脑子里那些突然冒出的情绪，踩着7cm的高跟鞋，踏进了这栋大楼。当我礼貌地敲响这家公司的门时，大概也就预示了，接下来我即将面对的生活了吧。

很快地我见到了那个在电话里说话很礼貌的Hedy，一个将近30岁的女人，看起来很温和，在与她交谈的整个过程中，她都一直面露微笑。

我没想到，Hedy竟然这么能说，问了一大堆看似与具体岗位无关的问题，却又环环相扣，我真担心自己一不小心就掉进了她的陷阱。不过，看状况倒是以满意收场。见到面试岗位的部门总监时，已经是半个小时后的事了。

看着他走近的时候，我不得不说，这世间就

有这样一种男人，浑身都会散发着“我是好男人”的气息。干净的面容，低调的着装，前提是他的无名指上竟然是干干净净的，这证明什么，这样一个完美男人，竟然没有结婚，简直是至宝了。

不过我也只能在心底感叹下了，毕竟，他可能将会是我的直属上司，我还是站远点比较好，我可没有在公司里变成八卦主角的爱好。

整个面试过程是愉快，看来前一天做的准备工作没有白做，看这位“大好男人”的表情，应该算得上是很满意了，我心底偷着乐，看来我还是算有些天赋的。

面试结束后，他很礼貌地跟我握了个手。

“我希望你能尽早加入我们的团队。”本就温和而磁性的声音，说这句话的时候更是动听了。

“我也希望。”偶尔，我也会伪装出一份恰到好处的矜持。

回到家后，又接到了Hedy的电话，最后确认了一遍我能上班的具体日期。我稍微找了个借口，希望他们能给我一个星期的缓冲时间，可以让我先处理些事，那边很爽快地答应了。

其实，我只是想在进入新的工作前，给自己一个假期，出去走走罢了。

3.

叶柯，我的名字。

我的概念中，我家那二老应该是为了省事才给我取了这么个名字，因为我这完全就是随父姓姓叶，随母姓名柯。

从小就听老爸在耳边念叨，“叶柯同根，一体相生”，其实我明白，他们这是希望我能带着他们的幸福一直走下去，再找到属于自己的幸福。只是他们二老没想到，我这混了近二十六载，还是只身到处晃悠着，愣是没把他们念着盼着的女婿给带回去。

跟Hedy谈完具体的上班时间后，我就把自己扔到床上睡了个昏天暗地，醒来的时候已经是第二天的中午了。

起床后，简单收拾了一些换洗衣服和日用品，再在网上订购了一张下午从南京出发去青岛的高铁票，然后就那么出发了。

坐在高铁上远远地望着城市的灯火连成一线，想伸手去触碰那城市夜晚的喧嚣，可触及掌心的却只有那冰冷的车窗玻璃，不经意间已经握紧了双手，张开时，也只剩下那冰凉的触感。

很多时候，我不知道自己为什么要出发，坐在时速三百公里的高铁上，看着窗外的景色由繁华到荒芜，再由荒芜到繁华，如此循环反复，也就抵达了目的地。可在这过程中，我却总是没能想明白，我到底在追寻些什么。

抵达青岛，已是晚上9点，等我打车到事先预订好的宾馆时，已经快10点了。所以，索性只是上网查了查青岛的一些景点，安排了下接下来几天的行程，然后就睡下了。

第二天一大早，我带上相机就准备出去溜达了，当然，我还没忘在宾馆前台拿上一张宾馆名片，以防自己随时迷路找不回来。

苏沫曾经说过我，把我扔在马路中间，让我原地转上几个圈，然后再问我，是从哪个方向来的，十有八九我会指反方向。

所以，我经常会和她开玩笑说："苏沫，你

可得好好珍惜我这朋友，说不定哪天我走着走着就丢了，然后再也找不回来了。”大多时候，都会招来她的一记白眼。

有一次，我和她约好一起去买手机，结果在找她的路上我很没出息地又迷路了，最后只能打电话向她求救。等她找到我的时候才发现，原来我一直在方圆500米的地方打转呢。

记得当时我很随意地开了个玩笑：“所以说啊，苏沫，你可不能把我弄丢了，否则你就再也见不着我了。”

她很认真地看了我半天，然后说了句，“叶柯，你会真的允许自己把自己弄丢吗？如果刚才我离你有一个国家的距离，我保准你过不了一个小时就会好端端地出现在你该出现的地方，你只不过是对我有了依赖。”

我现在还能深刻地记得，当时听她说完那句话时的感受：震惊，真的只有震惊。因为她那么赤裸裸地揭露了我那点都快骗过了自己的心思，让我不得不去面对。

记得我后来很无辜地回了句：“苏沫，你真残忍，竟然就这么赤裸裸地把我那点小心思说了出来。”

“是啊，我残忍，可哪比得上你叶柯啊，明明知道我最听不得你说自己不见了的话，却还偏偏老在我耳边说这些。”等她不冷不热地说完这话的时候，我彻底止了声。

她从来都是，有什么就说什么，像她的性格那样，直接、犀利，却也冷漠。

或许，是因为我们本就是同类人，所以彼此之间有极高的默契。又或许，我们不是同类人，所以才能安抚对方心底那最不堪的地方。

等到我从这些记忆里出来的时候，发现自己似乎已经在同一个地方来回晃悠了四五遍，不得不说，我很有迷路的天赋。索性，我就这样没有方向地往前走，或许，我能找到属于自己的方向。

4.

不知不觉间，发觉肚子饿了，于是就沿街找了家餐馆，随便点了几个菜，庆祝自己在异地他乡迷路了。

吃完饭后，本来是打算顶着大中午的太阳继续漫无目的地晃荡，可是仔细想想，就觉得自己为什么偏要千里迢迢跑到青岛来压马路呢？

于是，就决定去海边走走。不过，等走到十字路口的时候，我就迟疑了，因为完全不知道该往哪边走。

虽然我是特意挑了一家离海近的宾馆，而且从宾馆的介绍上看，徒步半个小时就应该可以到海边的，可是我这一上午瞎晃荡了那么久，已经完全不知道离海有多远了。于是，我开始东张西望，希望能逮着一个可以指路的。

正好看到一男人向这边走来，我稍微眯了眯眼瞧过去。Lucky！我这是有机会可以艳遇了么，这只貌似还不止有几分姿色，配着他那身简单干净的着装，这完全就直中我的小心脏啊！

当年之所以会看上前任男友简易，也都是因为被他的美色所迷惑。果然，我就是一庸俗花痴的女人！

我上前一步顺势截住路过的那个人，他像是突然才发现路边有个人似的，难道我这么没有存在感？默哀了一秒钟后，我也只好礼貌而带着歉意的表明我挡住人家去路的原因了。

“不好意思，我迷路了，借问一下，去海边的话，应该往哪边走呢？离这里大概有多远的样子？”

“从这往前，直走，二十分钟就可以了。”

果然，这声音也没有让我失望。为什么这年头的优质男人都得跑这么远才能遇到啊！苍天啊，你对我真不公平。

不过看他像是有事的样子，我只能讪讪地表示一句感谢的话，然后把路让了出来。看了眼他离去的身影，无奈叹了口气，艳遇这种事果然与我无缘啊！

记得以前，我经常会跟简易说，有机会我一

定要偷偷地一个人出去旅游，因为这样就不会有人阻止我的艳遇了。那时候，他就会说：“就你啊，也就我看得上，艳遇之类的，就甭想了。”

虽然每次我都会很不服气，可事实总是一次又一次地告诉我，我的确没有异性缘。

抬头看了眼正当空的太阳，我决定还是继续我的行程。一路往前，路过的地方，有很多的欧式建筑，看起来似乎有些年头了。

半个小时后终于让我看到了大海。

到了沙滩上，我拿起相机对着海就是一顿乱拍，谁让我从小到大就只见过山呢，高的矮的胖的瘦的都见过，就是没见过海。

发现有很多的新人在拍结婚照，难免有些动容，不知不觉，我就快要过完第二十六个年头了，可结婚对我却只是个遥远的概念。

有时候，我会迟疑，我到底在坚持些什么。爱情和婚姻，到底是什么关系呢？

好像以前简易跟我说过，大学毕业就结婚之类的话，可惜还没等到毕业，我们就各奔东西了。

那些信誓旦旦的诺言，连同那些年的快乐一起，早就烟消云散了。这世界，真的没有什么是不可替代，我一直以为的刻骨铭心，到如今也只剩这些不咸不淡的回忆了。

5.

半夜，从梦里醒来，不自觉伸手摸了摸眼角，我以为自己哭了，可结果证明，那只是错觉。而且，似乎已经很久没有梦到那些过往了。

跟简易分手的时候，刚好大三结束。

那年暑假，我没有回家，只是跟父母说要在外面实习，实际上是一个人偷偷地跑到了一个偏远的山区，做了支教，这一去就是半年之久。

而这之间，没有跟任何朋友联系过，除了每

半个月会跑到几里之外的村口，用那里的固话往家打个电话，我基本就是过着与世隔绝的日子。

现在我偶尔提到简易的时候，苏沫就会拿这事堵我，“不知道当年是谁那么没出息地躲那么远，而且还一躲就是半年，结果愣是把自己弄得不人不鬼的，差点连你妈都没认出你。”

我不知道自己是想刻意忘掉那些事还只是嘴硬，“我有躲过谁么？我那是突然发现了自己年轻时不能把精力浪费在儿女情长上，而是应该为偏远山区的教育做贡献！”

或许当年只是因为自己太脆弱，所以才无法面对那一切吧。

伴着这些乱七八糟的回忆，昏昏沉沉地听到闹钟响了，这个晚上就这么过去了。

醒来的时候，头痛欲裂。在我纠结要不要取

消今天行程的时候，闹钟又响了。这时候，我开始痛恨那个理性的自己了，总是在清醒的时候把事情想得那么周全，闹钟竟然都设了两个。

等我再次清醒过来的时候，已经在步履艰难地爬山了。

花了两个小时的时间，我终于在边走边歇边看的消磨中到了山顶。

心情一阵爽快，我回头准备找个地儿坐会，却意外地发现一熟悉的面孔。

这不是昨天问路时遇到的那优质男么，老天，你玩我的吧！昨天艳遇没啥结果，今天这又是闹哪出？

我正想他应该根本记不清有我这号人，所以准备另觅它地休息去，谁知他竟然指了指他身边的石头示意我可以过去坐，而且还附送了个足够让我小心脏加速跳动的笑容，“你是昨天迷路的……？”

我以为贵人一般多忘事，没想到这位不止记性好，连眼睛都这么尖。

“嗨，你也爬山啊！”只是，我没忍住还是被他的相貌所迷惑，屁股不听使唤就坐了过去，而且还很没有节操的表现出一脸我们很熟的样子。哎，女人啊，一旦犯起花痴来，就无可救药了。

当我正在努力进行着自我反省，告诫自己不要被美色所诱惑时，发现对方正一脸意味深长地看着我，面不改色地说了一句：“是的，很巧。”

对一个单身了很久又自认为上了年纪的女人来说，这种男人绝对称得上是危险品，更何况他还总是有意无意地散发着他的雄性荷尔蒙，简直就是不可饶恕。不过，这只能在心底腹诽了。

“是啊，不到24小时的时间里，在一个陌生的城市遇到同一个陌生的人两次，真的是很巧”，我难得正经起来了，“你在这个城市工作？”

“不是，我来这出差而已，你呢？”

“旅行。”这男人的脸，真是越看越好看了。

“挺不错。”

惜字如金啊，闷骚的男人总是喜欢玩深沉，再碰上一个我这样不会找话题的女人，这对话只能无辜地被喊停了。

不过，爬完山后就这么安静地坐着，吹吹风，也算得上是一种极致的享受了。

6.

与其说我是一个人在享受，倒不如说是身边的人正默契地配合着我，一起享受这种微妙的宁静。

“要一起下山吗？”我还没收回一直望着他的视线，就见他站了起来，然后，我就成仰视状，我去，丢人丢到家了。

得，我得收收自己这没出息的样子，站起来拍拍屁股上的尘土，递给他一个我自认为还算有魅力的笑容，“好啊，为了不让你一个人孤孤单单地下山，我就陪你一起吧。”

其实，我很想去珍惜人生的每一段“遇”，哪怕这段“遇”再短，却又害怕遇见之后终归只是陌生。

一路下来，我们聊了很多。他走过的地方，看过的风景，听过的趣闻，都很大程度上激起了我的兴趣，我就像是一个好学的学生，不停地发问，到后来，我都分不清到底是对这个人产生了兴趣，还是单纯对他那些见闻有兴趣。

“让你免费听了这么多，是不是该轮到你说点什么了？”在我还准备继续挖掘他的那些经历时，意外于他问起了我的事。

突然之间，想到了昨晚的回忆，不自觉地就

把那半年的支教经历拿出来说了起来，不过，却还是回避了那些与简易有关的部分。

“为什么会突然想到去那么偏远的地方支教？”

以前也有人问过我这个问题，那时我都是随便诌个理由就糊弄过去了，可不知道为什么，这次我却选择了诚实，或许，我是想好好面对那些过去了吧。

“失恋。”

“失恋？”

看着他一脸疑惑的样子，我忍不住笑了出来，“不相信啊？哎，好受伤，我这样看起来不像是失恋过的人吗？”

“不像。”他那一脸认真的表情，让我突然产生了深深的挫败感。

“好吧。”其实，本来也没有必要去说服一个陌生人来相信自己的话。

待我们抵达山下，他停下来若有所思地看了我一眼，“你接下来去哪？”

“回宾馆。”

“所以，我们要就此说‘再见’了？”我突然分不清他话里是试探还是别的什么。

我笑着认真地看了他一眼，“嗯，再见。”

说实话，我害怕这种暧昧的互相试探，更何况，我们除了交换彼此的故事外，就无丝毫关系了，甚至连彼此的姓名都不曾问过。

我们也只能这样，带着彼此的那一点点故事，笑着告别，各自离去。

Chapter 2
如果，这里会有未来

每个人心底都有一块死角，
自己走不出去，别人也闯不进来。
而我也早就习惯了，
把那些最深沉的悲伤藏好，
去寻找那些孤单的释放口。

1.

那天晚上，我去了青岛的啤酒街，我喜欢酒却很少喝酒，理由却是因为从来喝不醉。

其实，我很羡慕那些沾点酒就会脸红喊醉的姑娘，她们有那份独属于女人该有的矫情，如果我是男人，我的第一反应肯定也会冲动去保护她们。

男人的天性，就是喜欢保护比自己弱的，而对于强势的女人，往往都是敬而远之。

在青岛待了四天半，最后一天上午去了栈桥，下午便乘着火车回了南京。

当再次踏进这个名叫南京的地方时，我就在想，为什么无论走多远，我都还会选择回到这里，哪怕这里只有我一个人。还是说，那些我看不到的未来，就藏身在这个城市的某个角落？

接到Vicky电话的时候，我正在跟噩梦作斗争。

我应该说过，我讨厌做梦，特别是像这样，没日没夜地被乱七八糟的梦纠缠。每每到了早上，就觉得自己像是一个纵欲过度的老女人，总会顶着那不得不用厚厚的遮瑕膏才能挡住的大大黑眼圈。

我花了将近一分钟的时间才从梦里清醒过

来，等我按下接听键的时候，电话刚好被挂断，于是，我不得不重新拨回去。

“喂，Vicky，怎么了？”

只听见电话那端Vicky委屈地说着：“我还以为你这一离开了公司，就把我给忘了呢，打你电话都不接，好伤心啊！”

“你伤心个毛线，我这刚被你吵醒的帐还没算呢，你还好意思说。”以前在公司，经常没事两人就逗乐，说些无厘头的话，经常惹得办公室其他人哭笑不得。

“哎呀，叶柯柯，你肿么能这样，亏我们还一直惦记着要请你吃顿大餐，你竟然只顾着一个人睡大觉！”果然，不到两句话，这姑娘就要开始卖萌了，每次被她喊完我的名字，我就浑身开始冒鸡皮疙瘩。

“呀，这敢情你们是舍不得抛下我一个人，于是打算带着我再集体腐败一次？”我们习惯称这种集体出去厮混的行为为“腐败”，浪费着自己的银子，再为拉动中国的餐饮以及娱乐发展做贡献。

“那必须的啊，没了你，腐败可就少了很多乐趣呢！”听到她开心的话语，不自觉间我也跟着轻松起来，就这样把刚才的噩梦抛到了脑后。

“哈哈，是吗？那你们是不是该感谢一下我给你们带去了那么多的乐趣呢？”

“这个可以有。你赶紧收拾收拾出来吧，地点就是我们常去的那家，快点过来哟！”

“好的，我没去你们不准动筷！”挂电话前我还不忘强调一下，要不然等我过去准只剩一些残羹冷炙。

等到我出现在约定的地点时，那群人都已经到了，不过那阵势的确吓了我一跳。

敢情这还真是为我准备的散伙饭，顿时有种热泪盈眶的冲动，可是一看到他们那盯着食物放光的眼神，我果断地收回了那丁点的多愁善感。

每个人心底都有一块死角，自己走不出去，别人也闯不进来。

而我也早就习惯了把那些最深沉的悲伤藏好，在人前伪装得光鲜亮丽、乐观阳光，融于一群人的狂欢中，去寻找那些孤单的释放口。

2.

从青岛回来已经一个多星期了，我也已经在新公司熟悉了一个星期的工作。

睡眠不足是现在都市白领面对的普遍问题，加班加点似乎已成常态。

我已经开始有点疑惑，为什么我要放弃那样一份轻松的工作而选择这样一份损耗青春的工作？

花了一整个星期的时间把自己要负责的工

作都熟悉了遍，下个星期开始要正式进入状态了，有种预感，从此以后，我将不知双休日为何物。

本就难得的星期六，我却依旧在互联网这片海洋里，搜寻着各类经典的案例，回过神的时候已经凌晨三点了。

躺在床上的时候却是辗转反侧不能入睡，估计是因为白天咖啡喝多了，导致现在依旧亢奋得很，等到迷迷糊糊有些睡意的时候，天已经开始微亮了。

拿起手机看下时间，却意外地看到了苏沫的来电，刚接通就听见那女人不带语调的声音。

“电话接的这么快，你这是通宵没睡？”

“新工作比较忙，我这不刚有点睡意，就看到你电话了。你怎么这个点儿给我打电话？”

“我现在在香港，上午11点左右的航班，下午1点左右到南京，通知你一声。”

“啊？”

“啊什么啊，就是这么回事，我回来了。挂电话了，给你几个小时睡会儿，别忘了到时去机场接我。”

我总会被这女人弄得措手不及，前一天在MSN上她还只字未提要回国的事儿，现在突然跟我说已经在国内了，而且还有几个小时就到南京了？！看了眼已经被挂断电话的手机，我无奈地笑了笑，这才是她，苏沫。

当年她突然跟我说了句“我要去美国留学”，然后第二天就打包行李飞去了美国，三年没有回来，现在却突然告诉我，她回国了。

我在想，见着她时我该狠狠地骂她一顿才算

解气。带着些许不甘心，我迷迷糊糊睡着了。

结果，梦里不停地重现着当年在机场送她的场面。

这事儿，说起来还是有些原因的。

她爸妈都是医生，在北京工作，在业内也算是比较有名的，高中毕业那会儿，她爸妈就逼着她选医学专业，她誓死不从，偷偷选了法学，等他爸妈知道的时候早已事成定局了。大学毕业的时候，她爸妈老毛病又犯了，通过各种关系给她安排了北京一家法院的工作，于是她又开始反抗，不过这次她学聪明了，虽然最后的结果是，她愣是把自己给整到美国去了。

而且，这一去就是三年。因为，用她的话说，她爸妈总是不停地在电话里劝她放假就快回来，家里给她安排了相亲，对象不是医院那年轻有为的谁谁，就是法院那事业有成的谁谁，要不就是某研究院那老实可靠的谁谁，等等。

她光是在电话里就已经听得耳朵生茧，所以根本就不敢回来。于是，很美好的，我也就被她这么抛弃了三年。

我还继续在梦里指责着她是多么的没心没肺，不料被闹钟给叫醒了。

在机场见到那女人的时候，我突然有种不想认识她的冲动，三年不见她上来第一句话就是，“叶柯，你确定你只是工作太忙而导致睡眠不足，而不是纵欲过度？！”

我敢肯定，这回头率绝对不亚于外星人突然出现在地球，我说过她一向有点口无遮拦，可我没想到去了趟美国回来后，她竟然变得更加肆无忌惮了啊！

虽然我知道我现在的样子多少有些惨不忍睹，可也不至于影响市容，这下倒好，成了被观赏的对象了。

我强忍着想揍她的冲动，冲着她肩膀重重拍了一下，“我要是有欲可纵，我还会来接你，美得吧你！”

只听见她毫不顾忌形象地嚎叫了一声，然后很不客气地将手上的行李推一半给我。

我只好翻了个白眼，看了眼她成堆的行李，决定打道回府，“我说苏沫，你真的只出去了三年？你这行李都赶得上三十年不归的人了！”

“那你认为我为什么会喊你来接我？”她送了一个理所当然的眼神给我，然后一屁股坐进了出租车。

“敢情，我只是一搬运工？”我实在受不了这女人到哪都习惯把自己当女王。

“搬运工？我可没大方到千里迢迢给搬运工买一大箱的礼物回来。好了，让我睡会儿，我这时差还没倒过来，到地儿后叫我。”我还没来得及表示一下惊讶，她就直接闭眼倒她的时差去了。

然后跟师傅报了我的住址，侧头看着她嘴角的笑意，突然有种时光倒流的感觉，上一次这样的斗嘴还是在三年前。可现在，我们都成大龄女青年了。

3.

中国的互联网整合营销，在对业外人士保持着新起之秀的神秘同时，业内却在步履艰难地前进着，而我就这样游走在这个行业的边缘。

在我终于把公司的人名和人对上号的那天，苏沫也落定了她的工作，延续她的专业当了一个职业律师。为了庆祝她未来将要孜孜不倦地拿中国的法律来说事儿，我们决定好好地搓上一顿。

我挺喜欢南京这点，虽然到哪都不觉得自己

多富有，可却总能找到点小资的气息。

想这些的时候，菜已经上完了，而苏沫正自顾自地吃了起来。

“诶，女人，你不会是打算趁着我发呆的时间，一个人解决完这些吧？”

“嗯，正有此意，我现在已经没有在美国时的闲功夫去管你在干嘛了，早就饿得前胸贴后背了。”

“我说，你安静时坐那怎么也是一女神级人物，能不能不要整得跟个饿鬼投胎似的？”虽然她对男人从来不上心，可受她家二老的委托，我必须把这女人引回正道。

“你先把自己那俩黑眼圈整没了再说我吧……”

“哦，对了，你回来之前我一个人去了趟青

岛。”我迅速转移话题。

“找艳遇去了？”

“我就不能是去散心的？！”

“单纯去散心，你会跟我提这档子事？不用说，肯定是遇到男人了！”一抬头，就看见她顶着一脸欠揍的表情。

“你还真了解我啊！”真想用眼神把她杀回美国去。

“我是你肚子里的蛔虫，你不知道吗？”

“话说，我在不到24小时的时间里，无意中遇见同一个男人两次，前提是，那还是一优质男。”

“叫什么？电话？”

“不知道，也没有留电话。”

她突然放下筷子，盯着我看了半天，然后冒出一句，“你果然活该单身啊！”然后没有下文地继续吃饭，这个话题也就此打住。

其实我到现在还有点想不明白，既然我那么相信缘分，可为什么却又偏偏放弃了那样一个可以继续缘分的机会？不过似乎会促成这样的结果，也不是我一个人的原因。估计，我想要的那种一拍即合，也只能在梦里出现了。

4.

我总是不厌其烦地顶着被苏沫鄙视了无数次的黑眼圈去公司上班，感觉自己在慢慢地被这种压抑的氛围所吞噬，每天只为了活着而活着，没有追求，没有梦想。

当我正在为了一份方案而绞尽脑汁的时候，突然发现有人在敲我的桌子，被打断思路本就是一件很不爽的事情，更何况我正有点眉目，等我皱着眉抬头看是谁的时候，意外地发现总监沈昊泽正挂着他那一脸迷死人的好男人微笑在看着我，心底莫名的一阵哆嗦。啊，对了，沈昊泽就是我刚来V.M公司面试时见到的那个极品好男人，我的顶头上司。

我实在是有种不好的预感，可是出于对上司应有的尊重，也不得不把皱着的眉头舒缓开来，换成一脸职业的微笑站起来看向他，“沈总，请问有事吗？”

“去会议室吧，一起开个会。”

我不得不说，这个男人的声音总是透着一种让人安心的温柔。我想，这样一个男人，如果发起火来，会是什么样子？突然又是一阵哆嗦，还是算了吧，要是见着这样一个人发火，那事情估计就大了！

“好的，我这就去。”我抱起电脑，跟在他

后面进了会议室。

刚走到门口的时候，就感觉到了整个气氛的严肃与沉闷，看来预感对了，真的有事发生了。虽然在V.M工作了才一个多月，可大家的认真劲儿着实让我狠狠地欣赏了一把，只是很多时候我不是很喜欢这种氛围，毕竟人与人之间牵扯了太多的利益关系。

待我落座后，沈昊泽就开始发话了，等大家开始七嘴八舌地讨论处理方案的时候，我才大致地明白过来，原来之前负责某一客户的同事由于一个严重的失误而被辞退，这次就是为了选一个负责人来顶替他的位置。

本来这种事情由公司直接任命比较好，像这样拿出来讨论总会引起大多数人的躁动。而且，我没有多大兴趣参与这些发言，索性就只当作一个旁听者。

不知道是不是沈昊泽看出了我的神游，还是他想看一下我到底有几斤几两，“叶柯，你来公司也半个月了，公司的业务应该熟悉得差不多了吧，对这个项目或许你不是太清楚，不过对身边的同事应该已经有些了解了吧，来吧，说说你的看法！”

真是不容置疑的口气，这半个月来我算是发现了，这男人的温柔绝对只用在工作外的地方。

只不过，我更喜欢只论事不论人，可惜目前这个状况貌似不行。人总有一些不得不屈服于眼前环境的时候，哪怕有一千个不情愿，也必须得顺从于现实。我只能在心底默默地表示一下不满，看着大家表情不一的等着我发言的样子，我只好不紧不慢地开口。

“如果是想选一个接替人，就应该清楚地知道客户的需求是什么，上一个负责人的失误在哪。我个人认为，每一个项目的稳步运行，找相关负责人的要求是‘最适合’，而不是‘最强’。当然，这些话大家都会说，重要的是，怎么去判断那个人才是‘最适合’的。那么，这就要看大家自己对自己的了解，以及沈总对大家的了解了。”

我不得不说，我是接了一个皮球又扔了一个皮球。看着沈总脸上的表情，我早就知道其实他心底已经有了答案，这么问纯粹是想把我抛出来当炮灰，作为一个苦命的下层人士，我只好认命。

最后，他宣布散会，说等结果出来会单独通知个人，意思就是刚刚这会只不过是在看看大家的反映。

我抱着电脑随着大众出了会议室，继续纠结手头那个该死的方案。

下午快下班的时候，再一次被沈昊泽的神出鬼没给吓了一跳，我估计这样下去，我的心脏会先弃我而去。

在他敲我桌子的刹那，我就想，该不会是打算派我这完全不知情的前往吧？结果，又中了，这中奖率快赶得上康师傅的再来一瓶啊，我简直欲哭无泪。

而且更让我想不明白的是，他为什么喜欢敲我桌子，而不是在MSN上敲我，或者电话CALL我？这人难道是在办公室待久了，想趁机出来走动走动，我这面子还真大！

走出他办公室的时候，他明明说的是鼓励的话，可我却总感觉有股看戏的成分，无法理解这些人的思维，真心让人头大。

刚坐到座位上打开电脑，就见这位顶头上司的MSN头像在闪烁，点开来看。

“客户的资料以及需求、上个负责人失误的地方、我们要达到的目标等，这些资料都已经发到你的企业邮箱了，晚上好好研究下，明天直接去客户那边就可以了，我们已经和他们沟通好了。”

“这么快，没有缓冲？”我突然有些心虚，这时间上太赶，让我很不踏实。

“嗯，因为事情发生得突然，这个客户我们务必要保住，所以靠你了！”

我去！我真的不得不爆粗口了，这完全是赶鸭子上架啊，“我担心我的能力不足，毕竟我才来公司不久。”

“你自己不是说了，不需要能力最强，只需要最适合？”

得，活该，搬了石头砸自己的脚。

“好吧。”我应承下来。

就这样，明天开始我又要拖着这样一幅倦容去另一个公司见人了。

5.

我花了将近一个通宵的时间才把那些资料看完，严重有被扔进了贼船的感觉，凌晨4点多才躺下，眯了3个小时不到，就被闹钟吵醒了。

总感觉我们这群生活在都市里的上班族，都是在透支后40年的生命，来成全这中间20年的辉煌。

早上起来强迫自己塞了些东西进胃，以防止它随时跟自己闹别扭，然后就匆匆地往客户公司赶。我喜欢这个城市的地铁，总是承载着我们这群都市白领的梦想，通往下一站。

等到了客户公司楼下的时候，我一边回忆着昨晚看过的资料，一边低头往电梯口挪，却意外地撞到了人。

以前经常会被苏沫说："叶柯，你说你本来脑子就不好使，走路就不能专心点？一根筋到底，还想学人玩深沉一边走路一边思考人生，我真担心你哪天就这么掉进了下水道。"

"苏沫，这你就不懂了吧，我这可是为了以后能撞到真命天子而做准备。"

突然很怀念那时候的我们，总能有那么多单纯的幻想。

这么多年过去了，我是一直没能改掉这臭毛病，很多时候，我都懒得去看撞到的是谁，虽然想法上很不礼貌，可放进现实里，却总会摆出一副彬彬有礼的样子，“啊，对不起。”

“没关系。”

只不过，这声音听起来似乎挺耳熟的，带着一丝迟疑，我就抬头看看是谁，正好撞上对方那似笑非笑的眼神，有一瞬间，我感觉自己穿越了。

我从没有想过，会在这个城市这样的情况下再次遇到这个人，而且，距离上次青岛的那一别已经快两个月了。我看到了他脸上的惊喜，以及呈现在他眼中的我的惊讶。

在我们都还来不及为这次的相遇说些什么的时候，电梯就到了。

“关衍。”进电梯后，他第一反应就是一脸

正经地告诉我他的名字。

听到这个名字，我瞬间愣了一下，看来巧合还不止这些，感觉此时的自己就像一个先抢到糖果的孩子，忍不住神气地看着对方，报出了自己的名字："叶柯。"

"叶柯？V.M公司的？"

看到他再次惊讶的表情，满是成就感，"要不你以为呢？我们能在毫无约定的情况下遇到三次，那么，再多一点巧合是不是也就不算什么了呢？"

"哈哈，的确。那我是不是该换个口气介绍一遍自己呢？"瞬间，他就换上了职业的官方语调，并伸出右手，"你好，叶小姐。我是关衍，D.C.Production的负责人，希望接下来我们能够合作愉快。"

啊，闷骚的男人实在是太可爱了，我强忍着不要笑出声，伸手轻轻握了一下他，学着他的样子也摆出一副职业的口吻：“能跟贵公司合作，是我们的荣幸，我也希望接下来我的工作能够让你们满意。”

随着电梯的抵达，我们很愉快地结束了这一次奇怪的重逢，而从今往后，我们将会至少每周有五天能见到，不得不说，这种感觉很微妙。

Chapter 3
记忆再深，逃脱不了时间

我经常会去怀疑，

我是否真正去爱过。

那些我坚信不疑过的刻骨铭心，

那些我认为永远不会忘记的撕心裂肺，

到头来，却只是用几句话便打发了。

或许，不是我们太虚伪，而是时间太残酷。

1.

D.C.Production，一家国内知名的游戏运营商，而我现在站在这个地方，因为沈昊泽的那句“靠你了”，就不得不拼尽全力，来为公司拿下这个续约。

我总感觉自己缺少那种因为上司一句委以重任的话就开始像打了鸡血一样往前冲的劲头，永远是那种不冷不热的态度，但只要是接手的事，便会拼尽全力去做好，有时候连自己都会糊涂，这样是好还是不好。

为了避免第一天打入敌人内部时就招来闲言闲语，我果断选择在电梯口就和关衍分道扬镳，然后按已经沟通好的交接流程找到相关负责人，等到一切都安排妥当，已经一个多小时过去了。

在我还没有心理准备的时候，就被喊到了会议室，参与他们项目的推广讨论。本来以为第一天只是来熟悉一下整体工作的，却没料到我又被沈昊泽给坑了，他所谓的沟通好，就是把我推到浪尖上，随我自生自灭！

“叶小姐，V.M既然换你过来，相信你也清楚，接下来你要做的工作，就是弥补你们上次的失误。而今天这个会议，我们也很希望你能就我们这次的推广，出一个初步的方案。”

听关衍说完，我就在心底狠狠地骂了一句

“Shit”，我决定这个项目结束以后，见沈昊泽一次就拿白眼翻他一次，太气人了。他给我的资料里只字未提这什么破推广方案，可这边竟然完全是当我已经很了解的样子，在等我的答案，真想拍拍桌子甩上一句，我不干了，可惜这个时候我还总是会被理智占主导。

得，所谓的推广在大范围上说都是大同小异，而创意出新主要是体现在细节上，他们也不一定真要我在会议上把细节都表述的一清二楚，顶多是想掂量一下我有几分货罢了，我豁出去了。

“我谨代表V.M公司就上次的失误给大家道歉，也在这里向大家保证，类似的情况我们不会再出现，所以，也请大家相信V.M，相信我，必然会尽全力为D.C.Production带来最大的效益。”

摆官腔啊，摆官腔，再讨厌的事摆到台面上，也不得不表现得一脸的诚意，谁让我们挣得是他们的钱呢，天大地大，客户最大。

“至于D.C.Production这次的游戏推广，我先发表下我的看法，我们可以从游戏自身的特色、推广渠道的选择、网络口碑的扩散以及媒体投放这几个方面来逐个分析……”

我算是把肚子里的那点货全部都拿出来了，讲到口干舌燥的时候终于看见他们脸上有一丝满意的迹象，然后我就果断停止继续废话，“所以，接下来我会出一份具体的方案，把细节部分说清楚。”

“好。那么，这个星期五，你能拿出这份具体方案吗？”

不错，包括今天还剩三天，至少没让我明天

就拿出方案，已经暗自庆幸了，“可以。”

“那行，就这么决定了。那我就等着看叶小姐的方案了，今天就这样了，散会。”

我偷偷地深呼了口气，我曾经跟苏沫说过，我想要的生活无非是那种有份可以管温饱但不用劳心费力的工作，有个可以在早上一起吃早餐晚上一起滚床单的男人，一年可以休几次假一起出去晃荡晃荡，生一个听话懂事又会淘气的孩子，有时间能陪着年迈的父母一起唠嗑，就足矣。

苏沫只是淡淡地说了一句：“你那简直就是天方夜谭。”

其实我早就明白，我想要的比做梦还不真实。所以，现在才会为了那一斗二升米在这里同一群人斗智斗勇，悲剧的是，这其中还有一个是让我有点想法的男人。

2.

快下班的时候，我才有空去MSN上埋怨沈昊泽坑我。

他很不以为然敲过来一段："我给你的资料里虽然没有这块的内容，但从上个负责人的失误中，你应该有所了解。从你接手开始，你就该做好心理准备。"

我无言以对，片刻后也就冷静了下来，不得不说的确是这么回事，看来自己在很多方面还是很不成熟的。

想通这些以后，突然有些尴尬自己怎么会变得这么冲动，正准备跟沈昊泽道歉的时候，他又发过来一句：“不过你也别压力太大，客户都这样，虽然要求严格了点，但我相信你能处理好。”

“嗯，好的，我尽力而为。沈总，刚刚我态度有点不好，抱歉。”

“没事儿，要是遇到无法解决的问题就给我打电话。”

发完一个“好”字，就见桌上的手机在响，一个陌生来电。我对着MSN敲过去一句：“那沈总，我先忙了。”然后关掉MSN，接通电话。

“你好，哪位？”

“是我。”

我经常会在接电话的时候犯迷糊，哪怕这声

音听起来有些耳熟，在我正准备表示疑惑的时候，对方又开口了，“没听出来我的声音？”

好吧，我应该知道是谁了，“关总？”

鉴于这个点儿我还待在他的地盘，而且又不清楚这通电话是私事还是公事，不过我突然想逗逗这个闷骚的男人，让自己开心下。

我似乎听到了他在偷笑，“看来平时给叶小姐打电话的人太多了，这上午才见的，现在就听不出我的声音了？”

“是啊，我从来不怀疑自己的魅力，几个电话又算得了什么呢？”突然发现一整天的疲惫在这一刻得到了释放。

“那看来我这是打扰了叶小姐在等其他电话的雅兴？”

“哎，既然这电话我都接了，那些雅兴就

只好算了。”

“你还真不客气，给你梯子就立刻往上爬了呢！”

“你长的太高，我老仰视你多累，所以有梯子能爬上去，何乐而不为呢？”

“狡辩的女人。”

在我还没想好怎么接他这句话的时候，就听见他带着商量的语气，“晚上一起吃饭？”

我很不矜持地就答应了，“有免费的晚餐可蹭，当然可以。”

挂掉电话的时候，才发现原来已经下班了。我很庆幸，他们给我安排的是一间独立办公室，这样为我省去了很多对于陌生环境的不适，只需一门心思想着怎样把工作做好。

待我离开办公室，发现大家都走的差不多

了，抬手看了眼时间，原来已经快七点了。

这时，手机刚好响起，“关衍”两个字在手机屏幕上闪动着。

“在哪呢？”

“车上，为避嫌，所以我就没有去办公室找你，你直接下来就好，我把车开到门口等你。”

“嗯，我这就下来。”

我很开心他如此考虑，我不喜欢把个人情感带入工作，进了这栋楼，我们就只是合作对象，出了这栋楼，我们才能更轻松地去延续这份微妙的关系。

等我坐上他车子的副座时，他笑着说了句：“不错，还挺自觉的。”

“那必须的，出了这栋楼，我就只是叶柯，你也只是关衍了。”

“挺有道理的。那么，叶柯小姐，今晚你想吃些什么呢？”

“其实我很想特牛掰地说上一句，啥贵吃啥！不过又觉得那实在忒庸俗了，所以，我还是决定，哪贵你就往哪开吧！”

“你果然很不客气，不过我应该表示庆幸，你没说要去吃路边摊。”

“路边摊？放心，下顿我请的时候，肯定带你去。”

我本来还想着要不要更没出息点，结果没想到比路边摊更便宜的地儿，只好就这么算了。等到酒足饭饱之后，我一脸满足地看着他，“打个商量，下顿还是你请吧，我的路边摊再往后挪挪，怎样？”

“我会让你吃到不好意思请我去路边摊的。”

3.

连熬了两个通宵，我终于把D.C.Production的方案捣鼓出来了，与沈昊泽讨论修改后，在星期五上午把最终方案确定下来，然后E-mail给了关衍。

下午开会的时候，他们就这个方案进行了一些讨论，听到最终拍板的时候，我才敢松口气。

我从来不想去当女强人，只想躲在角落里，默默地做着自己该做的事。所以，哪怕再大的光芒我都想悄悄地躲过去，这世界，光看别人的精彩就已经目不暇接了，何必再让自己去凑这份热闹呢？

从第一天在电梯口碰到过关衍之后，就再也没出现过这种巧合了，这种缘分就像是已经驶进了既定的轨道，除了在公司里一本正经地谈合作，就是在私下里胡言乱语地聊生活。

不知不觉间，我们就这样，在工作的时候不带入任何的私人感情，在私下里保持着不远不近的暧昧。

有时候，我会想我们这样的关系到底会维持多久。我不喜欢这种不远不近的暧昧，因为太耗精力，可却又总在不经意间配合着对方。

有天半夜被电话吵醒，我在还没搞清楚对方是谁的情况下就把电话接通了，迷迷糊糊中听到有人在抱怨他家冰箱太空、半夜饿了却没有吃的之类的，我有一声没一声地应和着，对方发了一通牢骚后，说了句“你继续睡吧”就把电话挂了，然后我果断地倒头继续睡。

等到第二天看通话记录的时候才发现，原来那大半夜瞎抱怨的竟然是关衍，整一天下来，只要看到他，我就忍不住想笑。

下班后我终于履行了我的诺言，带着他去吃了次路边摊，看到他那脸无比嫌弃的表情，有种说不出的痛快。

“我怎么感觉你这是故意报复？而且今天一整天你憋笑都憋坏了吧！”他一边拿着筷子捣鼓着碗里的鸭血粉丝，一边却还不忘数落我。

“你不是昨晚就喊饿了吗？所以今天我才大发慈悲地请你吃顿饭，你不领情也就算了，竟然还污蔑我，哎，好人真难做。”

“原来你昨晚知道是我呢，听你电话里那口气，我以为你压根不知道是谁呢！”

“你还别说，我还真不知道，是今早看通话记录我才发现是你的。”

他一脸痛恨的表情看着我，“我说叶柯，你可不可以不要这么赤裸裸地表示对我的不在乎？”

“哎呀，关衍，光你这身份往我这一摆，我就不得不在乎呢。这不，你又冤枉我了吧！”

他放下筷子一脸若有所思地盯着我，然后悠悠地冒出一句：“我发现了，叶柯，你除了会狡辩，就不会其他的了。”

每次跟他贫嘴，到最后都感觉自己像是透明

地摆在他跟前，只能灰溜溜地接受他那不冷不热的判决。我是嘴硬习惯了，哪怕再在乎、再想要，可只要还没确定那是属于我的，我就会不自觉地背道而驰，想的是一套，说出来的却是另一套。

4.

每个人的故事里都有一个过去，而那些过去，是他人无法涉足的。

生活从来就不会按我们预定的路来发展，我没有料想到，四年前因为简易而放弃去上海发展，跟自己说过在彻底遗忘之前，是不会再次踏足那座城市，可是四年后却因为关衍这个男人的一通电话，第二天就收拾行李飞到了这里。

那些以为会出现的伤感、怀念竟丝毫没来光

顾我，有的只是彻夜赶方案熬出来的黑眼圈和无止境的疲倦。

吃完晚饭我主动建议一起去外滩走走，所幸他也欣然接受了。

上次到外滩看夜景应该还是四五年前了吧，刚好赶上国庆旅游高峰。

我们到外滩的时候，算是比较晚的了。

很多人已渐渐散去，剩下的大都是一对一对的了，我突然有点后悔，这地点我好像选错了。

驻足站在栏杆旁边，我偷偷地扫了一眼身旁的关衍，却不料他正皱眉看着我，然后突然一百八十度大转弯地换上了那副电力十足的笑容，于是我很没出息地再次犯花痴了。

回过神的时候，见他脸在靠近，瞬间我就凌

乱了，不带这样的，先迷晕后偷袭啊！虽然这词用的不对，可事实的确如此。更可恨的是，我竟然就这么一动不动地任他享用了，啊呸，又用错词，是任他偷袭了。

当我还在凌乱与清醒中徘徊的时候，听见他说：“回去吧，我可不想看见明天你依旧顶着那俩黑眼圈去见客户。”然后，他就那么华丽丽地走了。

一头冷水浇下，我愣是没想到一句说辞，只好默默地跟着往回走了。不自觉伸手摸了摸嘴唇，无奈笑了笑，看来我还真是一个人单久了，竟然开始有点贪恋这种感觉了。

记得在青岛第二次和关衍见到，他说过我没有危机感，或许还真是那么回事吧。有时候甚至都觉得，这样的自己怎样都无所谓了。我害怕这样游离在生活之外，可却又总是不经意地去纵容这样的自己。

果然这个城市里有着太多的回忆，它们还是没忍住孤独，在深夜里全部闯进了我的梦里，就像是对过去做了个总结，该出现的不该出现的一个不落。

迷迷糊糊要醒来的时候，发现手机在不停地叫唤，伸手拿过来接通，也许是因为那些梦境太真实，所以导致语气不太好，“谁？干嘛？”

对方停顿了半分钟，在我以为已经挂断了的时候，却听到：“我，关衍。只是看你起床没，9点去见客户，现在已经8点了。”

于是，我彻底清醒了，“啊，好，20分钟就好。”

“好，20分钟后大厅见。”干净利落地挂了电话，像是回到最初见面的那次，陌生、隔阂。

我不知道为什么会是这样的发展，可又只想任其自然发展，因为越是想要的越会害怕失去，未来太遥远，每走一步都不得不小心翼翼。

5.

从上海出差回来后，我跟关衍之间莫名地回到了最初的合作关系，就这样不冷不热地处着，谁也不主动，谁也不被动。

沈昊泽偶尔会在MSN上表示一下对我这位下属的关心，每半个月例行回公司开会报告进程的时候，也不忘要请我吃顿饭。

我总会想，这样一个四好男人——脸蛋好、身材好、事业好、脾气好，家里竟然没藏着一个温柔贤惠的女人，简直让人浮想联翩。

我这么想的时候，也就很不争气地问出了口：“沈总，你家里是不是藏着一特温柔贤惠的女人呢？”

只是，我这边嘴巴刚闭上就瞅见沈昊泽一脸意味深长地盯着我，瞬间让我觉得自己是不是问了什么不该问的。

于是，我一边打着哈哈一边开口：“咳咳，沈总，我就随口问问而已，你可以不回答。”

说实话，当时我一无聊就多想了点，后来我拿这事儿在咖啡馆跟苏沫说的时候，她咬着牙跟我说道：“叶柯，你脑子里装的都是些什么玩意儿啊？人家一四好男人怎么就得罪你了，你非得把他往Gay的方向想？他就不能是女人太多挑花眼了？”

“苏沫，我这只是猜测，猜测，懂不？”

我无辜地狡辩上两句，然后突然想到那天沈昊泽似乎还说了点别的，只是，我实在是没想明白，什么叫做我这种女人算不算温柔贤惠？

当时听他那么问完，我只能白眼回去，他却很开心地说了句：“哈哈，我对温柔贤惠的女人没辙，不过，如果是你这样的，我倒是可以考虑考虑。”

苏沫似乎是没发现我走神，等我把注意力放到她身上时，她还在喋喋不休地批判我。

“我看你就是看上他了吧？”

“你认为我会看上一四好男人？”

“你会不会看上一四好男人，这我可不知

道，当年你倒也说不会看上某人，最后……”

被她各种毒舌给毒习惯了，我本就打算这么饶有兴致地听着她继续往下说，没想到她突然就闭嘴了，让我有点怀疑这女人是从什么时候开始变得有良心了。

“你这是良心发现，不忍心继续打击我了？”我实在是忍不住深表怀疑一下。

只见她注意力从我身后的某个位置挪回，“我有打击你？我那说的都是事实，只是你自己不敢承认。”

说完这句她就爬了起来，扔下一句：“这里空气太差，我们换个地儿继续。”

我正惊讶这女人什么时候开始对空气有要求的时候，就听到身后有人试探地叫了一句：“叶柯？”

有种瞬间时光倒流的感觉，这声音太熟悉，熟悉到我曾经错觉它已经融进了骨髓。

看了眼站在眼前的苏沫，当年的事一度对我伤害太大，而她都看在眼里，如果这世界有那么一个人对我知根知底，还依旧不会背弃我，依旧懂得心疼我，也就只有她了。我递给她一个我没事的眼神，然后站起来回过身去。

站在眼前的是已经分别了四年的简易，我的前任男友。

四年前，他阳光乐观带点孩子气，四年后，显然成熟了许多，而且似乎脸上的轮廓也更分明了。简而言之，就是更有男人味了吧。

苏沫走过来站在我旁边，捏了下我的手，似乎在让我快走。

这让我有种错觉，当年失恋的是她，而不是我了。心底暖暖的，我侧头送了个笑脸给她，以示安慰。

这一幕被眼前的人尽收眼底，他略带尴尬地笑了笑，“苏沫，好久不见。之前听说你去美国了，什么时候回来的？”

“跟你有关？”

幸好我早就决定了，得罪谁也不要得罪这女人。

看着简易一脸尴尬被堵的表情，我也暗暗爽了一把，不过毕竟也算不上是仇人，仔细一想，我似乎是真的忘记那些过往了，索性也就出来打个圆场了。

“啊呀，苏沫，你的毒舌不是对我的专利吗？怎么可以随便打发给别人呢，小心嫁不出去。”

“真是不想再管你了，你丫的给姐自生自灭去吧。我走了！”她还真就这么一昂头一抬脚，不管不顾地撤了。

我厚颜无耻地又补上一句：“晚上等我电话……”

可惜，连句回音都没。好了，解决了一个，我没忘这里还剩一个。于是收回送苏沫的眼神，笑着示意站在面前的简易坐下来喝杯咖啡。

似乎很久以前，我们经常这样坐在一起，聊着那些如今没能兑现的诺言。而今这样的面对面，难免让我错觉地以为是回到了几年前，那时候的我还单纯到以为一眨眼便可以牵手一辈子。

只是，这一晃眼，四年也就这么过去了。

6.

再次把注意力放到简易身上的时候，我发现我不知道要开口说些什么，所以只好等他先开口。

“叶柯，这几年可还好？”

哪年代了，还是这么老套的开场白。不过他真变得比以前更有魅力了，突然有点欣慰，毕竟这个男人曾爱过我。

“还行，吃的好喝的好睡的好。”

“呵呵，你知道我问的不是这个？”

突然有点烦他这点自以为是，或许以前因为那么认真地爱他而不在乎，可现在却莫名的有些反感。

“那你问的什么？抱歉，我还真不知道。”

他显然没料到我会这么回他，难道他还真以为过了四年，我还是那个围着他乱转的叶柯，应该不至于这么想不通吧。

“看来你还是老样子，嘴硬，喜欢绕开话题。”

轮到我头大了，他还真是能误会，只好接话：“有吗？我倒是觉得我变的挺多的。”

“嗯，变化肯定是有的，毕竟过了这么多年。”他这话接得倒也真快。

“我觉得你也变了不少……”

他一脸感兴趣的样子看着我，“噢，那你说

说看。”

“黑了，成熟了，似乎也瘦了点……”人难免有控制不住回忆的时候，不知不觉，我就像是把四年前的简易和现在坐在眼前的简易摆在了一起，然后逐个分析他们之间的不同，我甚至都不知道他到底为什么会突然出现在南京，只是凭着感觉在猜测着。

莫名其妙地说了很多，收住口的时候发现他正若有所思地看着我，一脸欲言又止的表情。于是我发现，我是不是乱评价的毛病又犯了，说了什么不该说的。

“怎么了？我就凭着感觉说说，你别在意啊。”

“叶柯，你不关心我为什么会突然从上海来到南京？”得，他根本没听到我最后这句，直接转移了话题。

“这是你的事嘛！我知不知道无所谓。”

我说的是实话，我真的不关心他为什么会出现在南京，我甚至都不知道，原来这四年他一直待在上海。

“前段时间，你是不是去过上海？”

我去，他到底想表达什么，话题转得我都快跟不上节奏了。

“是啊，过去出差。你怎么知道？”我一脸疑惑。

突然，他一脸兴奋地说道，“那我就没看错人。”

“什么？”

“你去了我们一起待过的那个小区吧？”

“嗯，过去有事，怎么了？”

“我当时正好开车从那路过，看见一个人很

像你，站在那小区门口发呆，等我停好车准备去确定是不是你的时候，发现人已经不见了。”

我终于明白了，什么才叫做真正意义上的一失足成千古恨。

出差的第三天跟关衍去拜访一客户，那位大哥恰巧也住那个小区，于是我到那的时候突然感慨了一下，就停在门口发了会呆，关衍那几天完全不管我死活，所以根本没发现我在发呆，自顾自走了很远，结果面前这位没看着前也没看到后，就看到我发呆的那会儿，都是什么事啊！

我正准备张嘴解释的时候，他却阻止我说话，“叶柯，你先别说，听我说可以吗？”

好吧，我实在不明白他到底想干什么，于是索性就点头随他去吧。

“你知道吗？这四年来，我从没有忘记过

你，这两年更甚，连做梦都会不停地梦到你。我把你送我的那些东西都找了出来，才发现我竟然把它们都保存的那么完好。有一段时间，我以为是因为对你的愧疚才会那样，可后来越来越明白，原来我根本就是一直在爱着你，你的好，你的迷糊，你的嘴硬，你生气的样子，你哭的样子，我竟然都记得那么清楚……”

听到这，我突然忍不住想打断他，我不知道这是什么心情，只就莫名地不想继续听下去，“你到底想说什么？”

他抬头认真地盯着我，“所以，当我看你出现在那家小区门口的时候，我就决定了，我想重新让你回到我身边，所以，再给我一次机会，可以吗？”

这句话的确让我震惊了，我就那么面无表情

地看着他，就像是要把他看个通透。

我一直不去回忆的事，不代表我真的忘记了，我只是选择性地把它们放在角落里，安安静静地埋葬起来，而这都是因为他。

可如今，他又这么突然地出现在我面前，而且还不忘把那些被我埋葬的记忆活生生地给挖出来，真不知道该说他残忍还是无知。

我放下一直捧在手里的咖啡，平静地开口，“简易，你知道吗，如果是三年前，甚至两年前你来跟我说这些话，我都可能会毫不犹豫地答应跟你重新开始，可是，现在却是四年后，你知道吗？”

我看了他一眼，没有理会他那打算插话的表情，自顾自往下说去，“四年前，你和萧冬冬躺在一张床上的时候，你有想过你还爱我吗？后来我一个人躲去山区支教的时候，你有想过你还爱我吗？后来我拖着一个连我妈都快不认识的身体出现时，你有想过你还爱我吗？后来我灰溜溜地一个人离开上海的时候，你有想过你还爱我吗？”

我喝了口咖啡润了润有些沙哑的嗓子，“简易，我一直以为我会恨你一辈子，可我后来发现那实在太难了，因为我曾经那么爱你，我得需要多大勇气才能用一辈子的时间去恨你啊！所以，我决定不去恨你，那么也就不能再爱你了。这几年，我一个人过的很好，没有骗你，真的很好。去上海也是因为出差，去那小区，也只是因为有一个客户住那里。所以你不要误会，刚见到你的时候，我再次确定了，我真的不再爱你了。那么，我们就不存在重新开始了。”

像是给了那些回忆一个交代，却也同时发现心里有些什么就这么空掉了。我一直忍着没有掉一滴眼泪，为他掉的眼泪，已经一个人躲在那偏远山区流干了。

“叶柯，可是……”他试着在挽救些什么。

“简易，话已至此，我相信你也不是那种会死缠烂打的人。我一直觉得，我们之间少一个告别，今天补上吧。”

说罢，我就站了起来，笑着向他伸出了手，“简易，我从没有后悔曾经爱过你，也很欣慰曾经被你爱过。我抱着那些回忆过了那么久，今天算是彻底放下了，所以更要感谢你选择在今时今日出现在我面前，只是从此往后，我们只能互不相干，各安天涯了。所以，再见，再也不见。”

他欲言又止的表情，让我固执地保持那个姿

势、那个笑容，只等着他答应，最终他只能无奈地站起来握了握我的手，“叶柯，原来你真的变了。”

“谢谢，你终于明白了。”我抽出他没有放开的手，冲着他挥了挥，“我走了。”

“叶柯，真的再也不见了？”

“嗯！”我背过身往门口走去，任由眼泪就那么落下来，也不去擦拭。

原来，眼泪并没有流干。

7.

我经常会去怀疑，我是否真正去爱过。

那些我坚信不疑过的刻骨铭心，那些我以为永远不会忘记的撕心裂肺，到头来，却只是用了几句话就打发了。

或许，不是我们太虚伪，而是时间太残酷，残酷到就这样一点一滴把回忆侵蚀得干干净净。

回到家后，感觉浑身的力气都像是被抽空了，只好顺着沙发滑落在地上。

突然想起在咖啡店答应过苏沫，回来要给她电话的。

拨了两次后，她才肯接。

“喂，你生气了？”

只听见她不冷不热地说：“我生哪门子气，你叶柯大人大量，我可不敢多插嘴。”

可惜我已经没有力气像平时那样跟她抬杠，为了不让她担心，努力装出很正常的音调阐述着事实，“我只是不再爱他了而已，所以也就觉得没必要当做仇人。”

后来，我把下午简易跟我说过的话以及我跟简易说过的话一字不漏地转述给了她，突然很佩服自己的记忆力，从来没有像现在这样好过。

挂电话前，她一直在问我：“叶柯，你现在没事吧？”

“嗯。”我发现我的情绪在慢慢地失控，只能发出一个简单的音节。

“我过去陪你吧。”

“不用。”我相信她知道我说的不是反话，这个时候，我真的只想一个人安安静静地呆着。

感觉眼泪正顺着脸颊往下流，心情无法平复，于是来不及打招呼就挂断了电话，一个人抱着腿蜷缩在沙发边，任凭这眼泪流个干净。

之所以会一个人躲去山区半年，是因为不经意间撞见了自己的男友和闺蜜躺在一张床上而已。

我经常会有一些不大不小的兼职，那年也不例外。只不过，很多时候一些意外都会在那些脱离正常轨迹的情况下发生。

刚好那段时间我要以策划人之一的身份赶去

南京筹备一场cosplay的活动，本以为会是半个月的时间，最后却不料一个星期就完成了。

大学时的恋爱总会忍受不住片刻的分离，所以结束后第一时间我便赶回了上海，直接奔去我们在校外的租房处。

有一次我站在阳台上望着34层高的地面，突然问他，如果我掉下去了你会怎么办。

他说，那就直接打电话让殡仪馆把我给拖走，他可不愿意看到面目全非的我，那样的话容易做恶梦。

听完我直接就一拳头扔了过去，骂了他一句，没有良心！

我们是在无厘头的打闹中开场的，可最终却在我狼狈不堪的逃走中结束。

当我拖着行李提前奔回家的时候，毫无预兆就那么眼睁睁地看着他和自己大学最好的闺蜜，躺在那张我才刚买不久的床单上，做着最原始的动作。

时间在那一刻停滞，我以为会成为我一辈子最刻骨铭心的记忆，可是现在去回想，却只剩下无奈与苦笑了。

我都不知道自己当时是怎样的表情，甚至都来不及去探究他们的反应，唯一能做的就是以最快的速度退出房间，把门关好，然后以百米冲刺的速度拖着行李箱挤进了刚刚到达的电梯。

在事情发生后的整整一个星期，我避开了所有自己认识的人，独自躲在一家陌生的宾馆里，不停地在脑海里回放着那些和简易在一起的记忆。

他说过，他想让我明白他给我的爱是甜的，所以我床头的某个盒子里塞满了各色的糖纸，那是曾经从他手中变出的幸福。

他说过，他会带我一起把中国地图画完整，所以我们一起存钱，哪怕只是去很近的地方，都会兴奋不已。

他说过，他要在我老去的时候仍能牵着我的手一起散步，所以每天早晨，纵使有万般想赖床的念头，最终却还是会双双出现在操场。

他说过……

当我把所有的回忆都翻个遍后，最终却不得不被那最不堪的一幕给拽回了现实。只是当时，我始终没流出一滴眼泪。

我也不得不承认，所谓一尘不染的爱情，就

如同魔术师手中变幻出的幻象，看似真实，实则虚幻。

在我终于从那些记忆里出来时，即决定拨通之前联系过的支教电话，了无牵挂地确定了去支教的时间。

在与简易他们俩斗智斗勇避而不见的消磨中，终于结束了那个学期末的考试，我特意没有跟任何人告别，就那么匆匆拖着行李去了山区支教。

我一直记得，支教那半年的时间里，我根本没有时间去想那些已经发生过的事，只是总会在半夜从梦中哭醒，然后独自抚慰着已经痛到麻木的心脏，再次疲惫地睡去。

有时早上起来，对着镜子会发现眼睛肿得只剩一条缝，无奈只能用隔夜的茶叶来敷敷眼皮，然后去给学生上课，每每被问及的时候都会敷衍说是水土不服。

后来我都能靠不照镜子来分辨自己的眼睛肿了多大，于是也就索性把镜子给扔了，实在不想看到自己那么没出息的样子。

所以，支教回来的时候我根本不知道自己已经成了什么样，只知道站在家门口的时候，看见苏沫正和我妈站在一起说着什么，我带着疲惫而沙哑的声音喊了一声“妈”，结果我妈愣是呆了半分钟才反应过来，我是她女儿。

苏沫更厉害，明明我妈都已经开口确认了，她还依旧逮着我东捏西捏以作真伪辨别。

那些记忆就像是一部已经老旧了的电影带，画面开始卡带，声音也快模糊不清了。

我不停地运转着那台叫做放映机的东西，一遍又一遍地播放着，想要努力去辨别，那些卡掉的画面是什么，那些模糊的声音又是什么……

像是突然串带似的，关衍的脸突然出现在了画面中，然后就开始不停地转换着我们相识以来的各种画面，穿插着、倒叙着。

突然间很想拉着他，问他：为什么会发生那些事？为什么会有那么多的痛苦？为什么好端端的那些人偏要沦为过去……

8.

等到自己累了，索性连澡都懒得洗就直接躺回床上去打发后半夜的睡眠，早上醒来的时候突然有种那年在山区支教的感觉，有些记忆，哪怕时间过去再久，也会残留着阴影。

我知道，这眼睛又肿得跟核桃似的，无奈只好从冰箱里找出两块冰包在毛巾里，敷了十几分钟后才急急忙忙收拾自己，赶去上班。

本以为再也不会出现的相遇场景，倒霉地却

在今天上演了，我努力赶着最后几分钟的时间奔向电梯，恰巧又撞上了关衍，而且这次力道还真不轻。来不及说抱歉的时候就听见他说：“我说叶小姐，你下次走路能不能看着点路啊，我这迟早有一天要被你撞出内伤。”

说好的，进了这栋楼就是工作关系，而且就算没有这个约定，以我们最近的相处模式，他的这声“叶小姐”也该是很正常的，可现在听起来却格外的刺耳。我强压住心底的那点烦躁，固执地维持着低头的姿势说了句“抱歉”。

不想抬头还有一个原因就是因为自己现在正顶着一双只消了一点儿肿的眼睛，这个男人昨晚明明还那么温柔地出现在自己的记忆中，现在却只剩这不冷不热的声音，实在是有些憋屈。

我不自觉选择往后退了几步，错开两人撞在

一起的姿势。突然有些厌倦这种状态，不知道自己想要什么，不知道自己该去寻些什么，总是这么随波逐流，烦躁感与日俱增。

不清楚是不是因为我的态度引起了他的不满，在电梯到达后他没说一句话便把我拽了进去，然后迅速按下了关门按钮。

我感觉自己在不停地错乱中，过去、现在、未来，没有一个可以让心平静下来，被他这么一拽，更是恼火，索性抬起头直视着他。

映入眼里的他表情突然有些模糊，我抬手随便揉了下眼睛，皱着眉头说了句，“关总，这里是公司，请不要拉拉扯扯。”

或许，我根本不想说这些，或许，我更想能借这个男人的肩膀靠靠，好好把那些不堪的记忆全部抛开。可是，事情却总是不受自己控制，往反方向去发展。

他的表情说不上是什么感觉，惊讶、阴沉，却又带点关心？或许是我看错了吧，最后那个只是我自己希望出现而产生的错觉吧。

我不想再多说一句话，索性选择闭嘴，靠着电梯闭上有些酸胀的眼睛，调整着错乱的情绪。

“你……”只能听见他欲言又止的声音。

电梯适时到达，我头也没回出了电梯就去了自己的办公室，甚至连平时那些最基本的礼貌都省去了。

窝在办公室一上午没敢出去见人，到中午午休的时候眼睛才稍微好些，也没心情出去吃午饭，打算就这么靠在座椅上补一点昨晚消耗过度的精神，偏偏电话在这个时候响了。

看着“关衔”两个字在手机屏幕上闪着，莫

名的犹豫起来，就那么对着手机看了很久，想起来要接的时候，他已经挂断了。又考虑到可能是工作上的事所以打算回拨过去，却意外发现他就那么出现在了眼前。

我来不及表示惊讶，也忘记了自己说过的要避嫌，只能那么赤裸裸地和他对视着。

“不打算出去吃饭？”

听不出那声音里包含着什么，我只能含糊地应对着，“嗯，不饿。”

只见他轻微地皱了下眉头，“给你十分钟收拾下，下午陪我去见客户。”

有种说不出来的失落，哪怕这样的场景下进行这样的对话是再正常不过的，可是，总觉得不该是这样的发展。

在我还没来得及答应的时候，他就已经离

开了。

突然间觉得，他的节奏太快，快得我不知道如何去处理这微妙的关系，只能紧紧地跟在后面，无所适从。

9.

在拉开他车门的时候，才发现自己已经习惯了他右边的这个位置，我不清楚这样对自己来说算什么，也不知道这样对他来说算什么。看着他一言不发地开着车，一度错觉地认为，其实我们只是陌生人罢了。

我不知道自己何时在他车上睡着了，醒来时发现他在车外，正靠着车门，似乎在抽烟。我下车后，他刚好把烟掐灭，然后看了我一眼。

“醒了？走吧，一起去吃点东西，我中饭还没吃呢。”

“不是去见客户？”说实话，我有点搞不清楚他要干嘛了。

“先填饱肚子，你不是最爱蹭吃？”

看着他突然恢复那欠揍的面孔，竟然有些怀念的感觉。

“你……”不过，我却真的开始糊涂了。

“叶柯，你什么时候变得这么磨蹭了？”

说罢，就被他拉着走进了面前的这家餐馆，看了眼被他拉着的手，那些烦躁的情绪似乎就随着慢慢消失了。

一顿饭下来宾主尽欢，虽然心底还是残留着一些昨晚的情绪，可是却也随着跟关衍在一起轻松了不少。

当他带着我出现在游乐园的时候，我就更疑惑了，忍不住发问："客户约在这里？"

"不是。"他没理会我的疑问，只是简单地丢给我两个字。

由于是工作日，又加上大中午的，所以游乐园还没什么人，他就这么领着我到处晃悠，到了旋转木马的时候，他停下了脚步。然后，就见他往售票处走，我似乎有点后知后觉地反应过来他要干什么了。

被他拽着坐上木马的时候，我分不清自己是在做梦还是在现实中了，他就这么拉着我的手安静地陪着我转完了全程，下来的时候，依旧一言不发。我不知道要怎么开口，也只能这么沉默地随他拽着，往下一个目的地赶去。

坐上摩天轮的时候，我还依旧陷在那种不真实感中。

“关衍，客户？”最终，我还是忍不住想弄明白，他葫芦里到底卖的什么药。

结果，他就那么笑着看着我，“找的借口。你怎么了？”

就这么看着他脸上的笑容，感觉心底某个地方开始被柔化了，我把视线转向摩天轮外，此时，摩天轮刚好转至四分之一的位置。

“昨晚没睡好……”

本以为他会继续问，可回头发现他只是在安静地等着我自己继续往下说，我回了他一个有些无奈的笑，把那些不堪的过去，慢慢回忆了一遍，然后一点一点说给他听。

我一直以为，那些可以称之为故事的东西，

除了苏沫，我不会再告诉任何人，却没想到，竟然会有第二个人听我说完这些。

等到从回忆里爬出来的时候，我很舒畅地吐了口气，看了眼突然靠近的人，我努力地眨了两下眼睛，然后默默地接受了这个有点霸道的吻。

坐在缓慢转动的摩天轮里，度过了不算缓慢的18分钟，也让我明白了，原来身边这个男人，竟在我不知晓的情况下了解了我很多。

我曾经在某个地方写过，希望有一天能和相爱的人在旋转木马上牵手，然后在摩天轮里拥吻，哪怕已垂垂老去，也要这般幼稚一回。可同时，却也一直认为，这只能称之为“幻想”，从未去想过，原来，还真的有人愿意陪我一起幼稚。

突然感觉脑门被人弹了一下，回过神的时候

发现他正一脸得逞的表情，“你这总是走神的毛病，是不是该改改呢？我这么一大活人走你旁边老是被无视，很伤自尊的。”

“我有无视你吗？我这走神不正是因为在想你嘛！”不得不说，有时候我还真有那么点厚颜无耻。

他一脸很受用的表情，“虽然这话我爱听，不过我们还是商量下吧，以后我在你身边的时候你就不要想太多，看着我就好。我不在你身边的时候，你时时刻刻想着就好了。”

竟然比我还厚颜无耻啊。

“美的吧，你还真不客气呢，不过可惜了，我没那么多空闲时间！”

他毫不含糊地接过去，“不好意思，这个时间你得腾出来。”

忍不住要反驳，“凭什么啊？”

然后，就听见他用白开水般的语气冒出一句，“就凭只有我会继续陪你做那些幼稚的梦！”

于是，我很没出息地盯着他看了半天，愣是没能找出一句可以回绝的话。

Chapter 4
害怕惊扰谁的梦

每个人都在经历着自己的故事，
每个人都在自己的故事里充当主角。
只是我想不明白的是，
为什么总有那么一群人，
喜欢钻到别人的故事里去，
耀武扬威，指手画脚。

1.

生活和故事的不同在于，故事只需翻到最后一页就能知道结局，而生活却永远没有那最后一页。

看了眼桌上已经收拾好的东西，我赖在椅子上一动不动地发着呆。掰着手指头数一下，一晃神我就在D.C.Production待了两个月了，终于要撤回去了，还真有点舍不得。

电话声打断了我这点多愁善感，醒醒神看下

来电显示，关衍办公室的，看来关衍和沈昊泽终于谈完了，现在轮到我这小人物去跑跑龙套了。

伸手拿过话筒，跟关衍在电话里正正经经地公事了两句，然后老老实实抱着整理好的资料往他办公室走去。

敲门进去的时候，那俩默契地结束了上一话题，等我把资料交到关衍手上后，他客气地说了句谢谢。

在我准备默默退出他办公室的时候，关衍突然抬头冒出一句："叶小姐，中午一起吃个饭？"

"啊？"

我一时还没反应过来，于是就这么站在那，看了眼关衍，再看了下挂着一脸招牌笑容坐在旁边的沈昊泽。

“庆祝D.C.Production和V.M的继续合作。”

等了半天终于从沈昊泽嘴里听到了这句，你说他俩没事装什么深沉，搞得我一头雾水。

“嗯。”我继续刚才的动作，默默地开门、退出、关门。

结束那顿庆祝的午餐后，我就随沈昊泽告别了D.C.Production，撤回了V.M，这个项目算是告一段落了，接下来常规运作就好。

临走前我偷偷瞅了眼关衍，给了他一个“我走了”的口型，然后就看见他嘴角那微微上扬的弧度，于是我很容易满足地乐呵了好久。

回到V.M，跟大家打完招呼便坐回自己座位上，发现一切似乎都有些陌生了，总觉得少了些归宿感。看来，我是出去待久了，连自己真正的归属都搞混了。

晚上下班，被一群人逮着不让走，说是为了庆祝我成功拿下D.C.Production这份续约，晚上要一起去狂欢，一看就是一群精力过剩的人，我那想要早睡的念想，又得泡汤了。

我终于明白，到哪都一样，所谓的庆祝，不是在饭桌上就是在KTV里。

本来以为，只是我们这群小虾米为了热闹随便找了个借口混到一起聚聚，结果发现沈昊泽竟然也来了，而且我一直没发现的是，他竟然如此亲民。

从饭桌上转战KTV之后，很多人都已经有些醉意了。

昏暗迷离的环境中，总会让人有堕落的想法。

或许是因为喝了些酒的缘故，总感觉整个氛围里，围绕着一些暧昧不清的东西。

沈昊泽在大家起哄声中拿起了话筒，听他压低声线轻缓唱出歌词的时候，我突然想到了苏沫之前说过的，我嫉妒这个男人，现在看来这话似乎还真有点道理，看来太完美也不一定是件好事，因为那太容易招人嫉妒了！

不过，抛开那点小心思，还是不得不由衷地赞叹下，沈昊泽的歌喉还真不错，看女性同胞们那饿狼般发光的眼神就知道，这男人是个祸害，只是不知哪个女人有那个本事，可以让他从良。

在我无良的胡思乱想中，他结束了开场独唱，接下来就轮到一群人的狂欢了。

看着放下话筒坐到旁边的沈昊泽，我特真诚

地说了句：“沈总，你唱的还真不赖啊！”

结果，他给我来了个笑而不语。

于是，我就只能选择默然了。

不知道是不是因为氛围的影响，我发现沈昊泽看过来的眼神有种说不清道不明的暧昧，虽然这个感觉很容易让人想歪，但是我这人总会在这个时候少根筋，所以也就很理所当然地忽视了。

2.

终于在凌晨12点之前结束了这一晚的折腾，不得不承认，我真的已经过了那可以肆意狂欢的年纪了，吵吵闹闹一晚上，感觉比赶通宵的方案还耗神。

本来以为直接打车回去休息，可突然想到似乎很久没有一个人这么安静地吹着风了。

于是，在这点小情怀的怂恿下，我漫无目的地在大街上开始晃荡了起来。

走了不到十分钟发现旁边突然冒出一辆私家车，然后就从摇下的车窗里看到了沈昊泽的侧脸。

我停下脚步瞅着车里的人，“沈总啊，你吓我一大跳，大晚上的，害我以为是劫财劫色的。”

他扶着方向盘，摆出一副教训人的表情，“你还知道大晚上的呢，怎么不直接回家，反而还在乱晃荡呢？”

“这不夜色正好，放松放松嘛。”

“上车吧，我送你回去。”他直接扔过来这么一句，看他那样，似乎都懒得跟我废话。

等他把车停我家楼下的时候，我才想起我刚没有告诉过他我家地址，于是我好奇地问了一句，“咦，你怎么知道我住这？”

“看你刚上车什么都没说，我还以为你把我

当御用司机了呢，要不是有你员工资料，我还真不知道应该往哪开。”

听他半开玩笑的语气，突然有点惭愧。我一放空就容易忘事，一忘事就容易忘了身边是谁，一忘了身边是谁就容易开始口无遮拦。

“那哪能，把沈总你当御用司机，那我还不得被你身后那冗长的女性队伍给灭了啊！”

只见他一脸意味深长的表情，半侧身看着我吐出一个单音节：“嗯？”

在我突然反应过来旁边这位是我顶头上司时，就听他接着问了一句：“叶柯，那你会在乎那些吗？”

我这刚有点清醒，听到这句后我又开始凌乱了，“啊，在乎什么？”

“叶柯，你装傻的功夫真是一流，你上次不是还打听我家里是不是藏着一温柔贤惠的女人吗？”

“咳咳，沈总，我那真只是随口问问。”

说实话，我最害怕这样的场景，除了能继续配合着干笑两声外，就尴尬到不知道说啥了。

“所以我才说你是真能装傻，”他突然放低了声音，一脸认真地看着我，“不过叶柯，我上次可不是随口说说的，所以，你要不要考虑一下我呢？”

好吧，虽然被这样一钻五告白是件很能满足虚荣心的事，可是，秉承着多一事不如少一事的原则，我想都没想就开口了。

“那个，沈总，其实我已经有男友了。”

他半信半疑地问道：“不是借口？”

“不是借口。”相信我现在这表情，是要多真诚有多真诚，就怕他不信。

“是我认识的？”

我不知道，他那一瞬间的停滞和猜想是什么，我也不想去考究他会想到谁，似乎这一切都与我们之间没有关系。

所以，我只是笑着摇了摇头，“是我在旅行途中认识的。”不否认，却也不用去挑明，说到底不过是，我与他的关系，还轮不上要把这些弯弯绕绕交代清楚。

“果然我迟了一步嘛，”他突然一脸夸张惋惜心痛的样子，“那我只能选择祝你们幸福了吗？”

不得不说，成熟男人的好处是，懂得适时地给人给己台阶和退路。

“沈总，都说了你身后有一长队给你选择呢，可比我幸运多了，我现在可就只能吊死在一棵树上了！”

“好吧，改明儿我找找看那队在哪。不过，你也可以稍微考虑下我这棵树，一棵树上吊死那多不好啊，是吧？”

“呵呵，我挺喜欢现在这棵树的，而且您身后那些花花草草可也都在等着往您这棵树上吊呢，我就不去凑热闹了。”

“叶柯，你还真能贫。得，我就不逗你了，快点上去休息吧，明天上班别迟到。”

听着他变得轻松的语气，我也立刻变得没心没肺起来。

“嗯，那我上去了，沈总，晚安。”说罢，我以最快的速度钻出了车门。

正准备撤退的时候突然又听到他冒出一句：“你那句‘沈总’总让我听着很不舒服，以后私下的时候就喊我名字吧。”

为了今晚仅剩不到六个小时的睡眠时间，我很爽快地答应了。

3.

当我努力把沈昊泽那几句看似玩笑又不像玩笑的话抛到脑后的时候，已经开始在床上打滚了，然后听到手机在响，这才想起来它已经被冷落在包里很久了。

掏出来一瞅，“关衍”俩大字显示在屏幕上，我暗自窃喜，“大晚上的打电话，是在想我睡不着了吗？”我决定要把厚颜无耻发挥到极致。

不料，意外听到他不快的声音，“刚回家？”

“啊，这你都知道，你什么时候在我家安了摄像头呢？”

下班的时候给他发了条短信交代了下晚上的聚会，估计他后来给我打了电话我没接到。

“我说叶柯，你就这么不稀罕我的关心？”

好吧，我是听出来了，貌似他真的有点生气了。于是，我迅速安抚回去，“稀罕，绝对稀罕！我就稀罕你一个人的关心呢，所以，不生气了？”

听他半开玩笑地说道：“那记得写份悔过书。”

我连声附和，然后说了一句“晚安”，果断关机睡觉。

一夜无梦，被闹钟吵醒的时候突然有种错觉，像是回到了很久之前，满满的安稳。原来很多事情，放下和接受都只在一念之间，太过执著，无异于是对自己的折磨。

从D.C.Production撤回来，第一天正常上班，刚到公司不久就被沈昊泽叫去会议室了，趁他没注意偷瞄了一眼他的神情，看来他也很聪明地没把昨晚的事当回事。

等我把注意力从他身上收回的时候，突然发现旁边多了一小姑娘，刚毕业的样子，正想开口问是谁的时候，沈昊泽发话了。

“叶柯，在D.C.Production的两个月，我们也都看到了你的能力。今天开始，你就又正式回来上班了。”

“嗯。那接下来我是继续D.C.Production的项目，还是有别的安排？”

“这个明天开会的时候，具体再做决定。不过，你先有个心理准备，因为接下来你的工作量可能就更大了。”

“啊？”我这刚以为可以稍微休息一段时间，呜呼哀哉。

万恶的资本家，瞧他笑得一脸奸诈，“不过也不用太担心，这不，公司考虑到你的工作量问题，所以连助手都给你提前安排好了。”

然后就见他指了指我旁边不远处的那小姑娘，“这是Jodie，公司给你安排的助手，你可以先把D.C.Production的工作交一部分给她，这样你好接手其他的工作。”

感觉我再次被他摆了一道，听他这么一说，我可能还得身兼多个项目，狠狠地腹诽了一番，表面还得感恩戴德，“啊，好的。”

说完，他便离开会议室了，剩下我跟Jodie，不过我倒是瞧着这小姑娘挺顺眼的，既然我已经莫名其妙地被公司塞了个助手，那也就只能心安理得地接受了。

一天下来，我都在跟Jodie说着D.C.Production的工作，可结果是让我不得不怀疑这姑娘是不是哪个老总的亲戚，能力的确有点平平，依我对沈昊泽那厮的了解，他应该不会招这类人。

不过所幸的是，她很认真，看起来也算踏实，所以也就只好这样了。

4.

第二天开会的时候，果然给我增加了新项目，望着沈昊泽那一脸虚伪而委以重任的表情时，我欲哭无泪。

等我唉声叹气地趴在办公桌上的时候，Jodie很贴心的给我端了杯咖啡。

“叶经理，要是有需要我帮忙的，尽管说啊。”

可是一听她喊我叶经理，我就各种无奈。

“Jodie，我们打个商量吧，以后见着我，你就喊我叶姐吧。”

“可是……”

看她还想继续，我索性自顾自下了决定，“没有可是，就这么决定了。嘿嘿，Jodie，不准喊错哟！”

我一脸慈祥地起身拍了拍她的肩，然后抱着资料迅速跑去沈昊泽办公室了解新项目的具体运作情况。

每个人都在经历着自己的故事，每个人都在自己的故事里充当主角。只是我想不明白的是，为什么总有那么一群人，喜欢钻到别人的故事里去，耀武扬威，指手画脚。

从当初去D.C.Production到现如今的新项目接任，我都不曾用过什么手段去争去抢，可是总有人喜欢在背后指指点点，虽然我尽可能地无视，可还是有些憋屈。

好不容易在MSN上逮着了忙于为中国的法治社会而奔波的苏沫，我就开始喋喋不休地抱怨了。

“你猜我今天在公司洗手间听到了什么？”

“隔壁没纸，找你借纸。”她似乎很不愿意理我，很久才给我回了这么一句。

“诶，苏沫，你能稍微停下，听我抱怨抱怨吗？”

我愤愤不平起来，开始数落她，最后终于迫使她屈从于我，开始听我没完没了的废话。

“你说，我这一大好青年，即纯洁又善良的，怎么就成了勾引上司暗地里抢项目的阴险女人了呢？”

“谁这么没眼光？竟然这么抬举你，你顶多是一傻愣的炮灰，被人卖了还不忘给人数钱的主儿吧。”

“苏沫！！！”

“嗯，在呢。我说错了吗？你觉得你懂什么叫勾引吗？你觉得你懂暗地里耍花招吗？”

“我只是懒得用那点小心思，费时费力费脑费心的。”

“这不就得了，那你纠结个屁！别没事拿这些破事打扰我，我的咨询费现在很贵的，按时收费。”她还不忘显摆一下她女强人的架势，真有种交友不慎的后知后觉。

“姑娘啊，你这样还有男人敢接近你吗？”

“你是在说你自己吗？”

我突然想到，我忘了跟她交待关衍的事，现

在才说，应该不会被她挤兑了吧。

“苏沫，这还真对不住你，我这刚捡了个优质男回来。”

“什么？叶柯，你确定你不是在说梦话吗？”突然像是看到了她那一脸欠揍的表情。

“就上次跟你说的，青岛遇见的那个，一不小心，又给我遇到了。”

“什么？！”她还不忘附加两个夸张的惊叹表情。

“是的。下次介绍你们认识。”偶尔我会想，苏沫或许比我更在乎，我会遇到怎样的男人。

看她敲完一个“嗯”字后半天没反应，我以为她又开始捣鼓她的法律条文去了，正准备关掉聊天窗口时，突然见她发过来一大段话。

“叶柯，之前我一直担心，简易在你心里会

太重，而且上次我不是生气，而是担心你一个人面对他。那天晚上，我一直没敢睡得很沉，就怕你突然打电话给我，不过后来发现，原来这几年你真的已经变了很多。至少，在感情上，你已经懂得如何保护自己了。既然你已经从过去走了出来，那就好好享受当下吧。”

看完后，我发现自己词穷了，好半天才敲出一个“嗯”字，然后就见她噼里啪啦敲过来一句：“今晚咨询费5000，我银行卡号你知道吧，直接打进去就好，先撤了，钱别忘了。”

于是，刚酝酿出的那点眼泪又给缩回去了。

5.

我不知道，生命要有多长才能让我们肆无忌惮，又该会有多短，才会让我们举步不安。

偶尔我会胡思乱想，我和关衍之间，就像是把那点暧昧端到了台面，让彼此知晓，我们之间不只是普通朋友而已。

不过，这也只是偶尔的想法而已，多数时候，和这样一个男人待在一起，总会有一些意料之外的乐趣。

“所以，你就那么躲在洗手间里听了半个小时？”

从电影院看完某部权谋片出来后，我就开始喋喋不休地跟他说起了公司里的那点破事，以表示自己的愤愤不平。然后，就见他一脸想离我远点儿的表情，冒出这么一句话。

“我说关衍，这个时候，你不应该表示一下对我的安慰吗？我这是被人诬陷啊！”

他依旧慢悠悠地往前晃着，“为什么要安慰，你在意这个？”

好吧，我就是脑袋短路了，才想到找他扯这些破事，可还是不甘心要反驳一下，“我为什么不在意？”

“难道你真打算勾引沈昊泽？虽然我还算欣赏他，不过这想法你还是免了吧。”

他顿了顿，“好了，你就不要胡思乱想了，我勉强安慰下你好了。”

然后他一本正经地打量着我，“还别说，大晚上这么看你，还算凑合，至少那两大黑眼圈不明显了。不过，你也就只能勾引我了，至于沈昊泽，反过来，应该是他对你有意思吧。”

我现在真怀疑这家伙跟苏沫是一家的，眼神、说话竟然都这么相似，“关衍，你确定你这是在安慰我？”

说实话，这么近距离地看他还是头一遭，而且他脸上的轮廓在路灯的映衬下显得格外分明，一不小心，没忍住就伸手蹭过去了，嘴里还不忘反驳他说的话，“你难道就不怕我真的奔着沈昊泽那极品钻五就去了？”

于是，这场景是要多诡异就有多诡异。

很遗憾的是，手还没蹭到他脸就被他伸手给挡了回来，“叶柯，你不觉得你做这样的动作，再说这样的话，很对不起我？”

我死性不改地继续抬手往他脸上蹭去，“为什么对不起你，我又没做啥亏心事。再说了，说他对我有意思的是你，又不是我，你这是对我太放心还是认为他构不成威胁呢？”

他索性握住我打算继续作乱的手，两眼直直地盯着我，“我这是在告诉你叶柯，离那男人远点。很不好意思地提醒下你，你现在是我的，所以其他心思就都给收了吧。”

我开始思考一个问题，他这算不算是表白？虽然说，我俩貌似已经在一起了，可总是觉得有点不明不白，想着想着我就下意识地问出口了：“关衍，你这是对我告白吗？”

他很不给面子地逃避了这个话题，说道："走了，这里到处都是蚊子，嗡嗡的吵得人头痛。"

"哈哈，关衍，你就承认了吧。"

我捂着肚子跟在他后面笑，他刚那表情实在是太可爱了。不过最终被他回过头那一记冷眼给喊停了，然后，我只好老老实实憋着笑钻进了车里。

6.

生活就这样在不断打发和被打发中继续着，不经意发现，忙碌原来也是一种罪过。

我跟苏沫也很久没在一起聚了，我正为这样的无奈而悲天悯人的时候，门铃响了，我穿着睡衣踩着拖鞋耷拉着脑袋就过去开门了。

门口站着的是快半个月没见的苏沫，瞧她那一脸嫌弃的表情，我就知道她肯定又要数落了，“叶柯，你这是有男人要了就开始自我作贱了？

瞧瞧你，都邋遢成什么样了。”

说罢，她还不忘带着眼神儿上下扫两眼，然后才进屋甩掉她的高跟鞋一屁股坐下。

这么些年，我习惯了她的挑刺，揉了揉有些发胀的脑袋，学着她的样儿甩掉拖鞋赖进沙发里，“一个人宅在这三十几平的房间里，我干嘛还那么折腾，这样多好，卸掉一身的负担，多自在啊。”

“得得，就你理由多，不思上进。”她端起桌上的水一口气就给喝了。

我算是注意到了，这女人估计是最近忙得连喝水的功夫都没有，“你这是从大沙漠逃荒回来的？”

“要是这么简单就好了，大沙漠，那算什么？”

“工作太忙？还是男人太多？”虽然我一直说要引导这女人回归正道，可并不是说她没男人缘，相反的，追她的男人总是一波接一波，可惜的是，总是哪波来了死哪波。

她开始没人性地谴责，“你都不知道，要么是前公公告前媳妇私吞房产要求返回首付款，要么是媳妇告婆婆乱喂孙子吃东西要求赔偿医药费，要么是王家那只鸡被李家那只狗咬了要求赔偿医药费精神损失费……”

迷迷糊糊中，我只知道我在不停地笑。

以前在报纸上看到美国一老太太告一微波炉制造商，原因是她给猫洗完澡然后放到微波炉里以为可以把猫的毛烘干，结果猫咪被烤死了，于是老太太开始打官司，指责制造商没在微波炉的说明书上写上不能为宠物烘干毛发的字样，而且结果是，老太太胜诉了，就此得了一大笔赔偿金。

所以说，社会案件是无奇不有，胡思乱想的时候，发现思维开始有些混沌，无奈之下只好强打着精神继续跟这女人闲扯，“你不是早该料想到会遇到这些破事嘛？活该你还抛下我千里迢迢跑去美国念法律。”

“我这还不是为了你考虑，以后要是你离婚，我可以好好为你争到一大笔财产。”

我去，就知道这女人嘴里冒出的没哪句是中听的。

“那我谢谢你啊，你还真是有远见。我觉得吧，你还是把你自己的问题先解决了吧。”

说完这句话，突然莫名地发现，视线有些模糊了，看来我得好好请个假休息休息了。

苏沫的声音还在耳边嗡嗡作响，“我有什么是需要解决的？哦，对了，前两天刚认识一男的……”

可惜，我并没能听完下半段。

醒来的时候，闻到满屋子的消毒药水的气味，然后就发现苏沫和关衍跟床神似的，一边站一个。

“你们俩这是，互相熟悉了？看来不用我介绍了。”虽然我大致猜到了自己在哪，不过应该不是啥大事，估计最近给忙的，电视里不也常演嘛，体力透支晕倒之类的。

于是，意料之中见到了苏沫的白眼，却意料之外听到关衍温柔的说辞：“医生说你劳累过度，需要好好休息。明天跟公司请个假，在家休息一段时间！”

不过，这语气虽然温柔吧，怎么听起来却像是在直接下命令呢。

“叶柯，你什么时候变得这么只要工作不要命了啊，竟然会劳累过度，真是服了你。记得听你男人的，请假好好休息！”

然后，我看到关衍一脸很受用的表情，这两人绝对的一丘之貉啊。

“知道了，两位大人。医生还有说别的不？”我比较关心，医生应该没建议我再来医院插针抽血照仪器之类的吧，别问我为什么关心这个，因为八点档电视里就经常这么演。

有个说法是念叨什么来什么，很应景地进来一白大褂大叔，拿着个听诊器在我身上摆弄了两下，接着就听见他问道：“你平时有哪里不舒服吗？”

“呃，好像还好。”

突然想到了困扰很久的头痛，大清早起床就折磨我。于是，我又改口问了下医生，几问几答后，只见他一脸正经地盯着我说：“我建议你有时间的话来做个头部CT，到时再具体看看。”

“嗯，好。”说完我就自顾爬起来了，“医生，那我现在没什么大问题了吧，可以回去了吗？”

“嗯，可以，回去注意要多休息。”

于是，在我目送完医生走后，又瞅了瞅关衍那一副略有所思的样子，笑了声以示让他回神，然后就迫不及待地拉着苏沫离开了这个满是消毒药水味的地方。

7.

回到住的地方，我小心思地以为，这一晕倒应该能整一免费的端茶送水的，可结果是，我这前脚刚迈进家门，后面跟着的俩人就开始各接各的电话。

苏沫被一官司给召回去了，我估摸着又该是哪家的猪把哪家的白菜给拱了。

她走之前还不忘埋汰两句："叶柯，你要是再弄出个劳累过度晕倒什么的，以后就别见我了，太没出息了。”然后，她就那么绝尘而去了。

瞅了瞅她那潇洒的身影，我无奈地看着身边刚刚挂掉电话的关衍，正准备讨点安慰，却被他一言不发地拉进卧室给塞进了被窝，再跟哄小孩似的拍拍我脑门，“好好睡一觉，我回公司处理点事，晚点再来看你。”

我还没来得及表示一下不舍之情，他站起来拍拍屁股就走人了，我瞅了眼冷清清的卧室，难得听话地睡着了。

被手机铃声吵醒的时候，我错觉以为到了早上，迷迷糊糊接通电话，听到那边像是沈昊泽的声音，“叶柯，新项目的策划写好了吧，不是说下午发给我的吗，怎么到现在还没收到邮件呢？”

每天被他各种压榨，这时候还不忘催命，“啊，不好意思，今天身体有点不舒服，才从医院回来。策划方案已经改好了，我现在开电脑邮件给你。”

“身体怎么了？感冒了？”还不错，看来他还知道表示一下对下属的关心。

“没事，可能是最近睡眠不足吧，有点晕乎而已。”我撑着身体爬起来，打开电脑准备捣鼓邮件给他。

“那就注意休息啊。”

听到这么理所当然的一句话，我开始郁闷了，没忍住就说了句：“沈总，你倒是给我时间休息呢，这好不容易有个休息日，你都不忘要我改方案。”

他尴尬地笑了两声，像是良心发现了一样，“那需要我准你几天假，在家休息一下？”

突然想到关衍在医院说的话，正好自己也想休息一下，手上的项目刚好算是告一段落。

于是我没带含糊地就接下了他的话，“真的舍得准我假呢？那我可不客气了呢，沈总！”

“你要是哪天不客气地把这句‘沈总’给免了，我或许就会考虑多准你几天假的。”他还不忘念叨念叨我这没改掉的口。

“这话我可记着了，等哪天我想偷懒了，这招铁定给使出来。”

“行，我等着那天。就这样吧，准你三天假，你好好在家休息。邮件收到了，你想干嘛干嘛去吧。”然后，他很爽快地挂了电话。

看了眼通话结束的手机屏幕，我又把自己扔到了床上。突然想到，关衍不是说晚点来看我的嘛，这都晚八点了，可怜的我还没吃晚饭，不说见到他人，连个电话都没听到，顿时伤感了。

我秉承着病人有权利撒娇的原则，在电话簿里翻到他的名字就拨了过去，然后故意压低声音等着电话被接通。

“睡醒了呢？”听到他那熟悉的声音传过来的时候，突然有种很安心的感觉。

“嗯，刚醒。关衍，我饿了。”瞧我装的多像，多虚弱的口气啊。

“那出来开门吧。”

“啊，你到了？！”我惊讶于他此刻的到来。

带着一点满足感，我随便扒拉了下睡得乱七八糟的头发，就跑去开门了。

看了眼一手拎着食物一手举着手机的关衍，我就忍不住开始得瑟了，很没出息地抢过吃的然后华丽丽地转身回屋了。

回头的时候发现他正一脸无奈的站在门口瞅着我，我好奇地问："怎么不进来呢？"

他摇了摇头，"我还得回公司去，事情还没处理完。你请假了没？"

"啊，哦，请了。你专门过来给我送吃的？"

"今天刚从医院接回一累晕的，我可不想明天又跑去医院接回一饿晕的。"

听完这话，我实在找不到刚刚好不容易才酝酿出来的那点小感动。

不容我辩解回去，他就跟打发小孩似的哄了句："好了，你乖乖吃饭吧，我走了。"

望着被带上的门，莫名的有种孤寂感，我一

直以为，我可以一个人活得很好，没想到现在竟已经开始依赖那一句关心、一个肩膀、一声问候了。

8.

在家过了三天猪一样的生活，除了吃就是睡，整天蓬头垢面的一个人在屋里乱晃荡，无聊了就掰掰手指头数数自己还有多久才能退休。

关衍打电话过来的时候，我正考虑是先洗澡还是先吃饭这头等大事，而且似乎都忘了这三天来，关大忙人，他除了在每晚定时给我发条“晚安”的信息外，就悄无声息了。

在我迟疑未定下，只好先接通电话，完全无

视自己正处于不正常的状态。

“关大忙人今天怎么舍得打电话给我，是有什么事儿吗？”

“事儿还真有，长话短说，我就问你件事，有礼服没？”

呃，这问的还挺突然，我闭着眼睛搜罗了一下脑袋里的衣柜，似乎还真有那么一件淡紫色的礼服，去年生日自己给自己买的生日礼物来着。

“嗯，有一件。”然后自我感觉良好地补上一句：“你这是想带家属出席啥晚会？”

他似乎很满意听到后面这句话，瞬间声音都变得温柔了，“那必须的，你现在收拾下，我一会过去接你。”

我还没来得及问是什么晚会，搞得这么匆忙，他就把电话给挂了，很不情愿地在沙发上滚了滚，才肯起身开始收拾自己。

从衣柜里翻到礼服的时候，才想到，这件衣服自从去年买回来后就没机会穿过，今天算是带它出去见见世面了。

等我终于把自己捯饬清楚的时候，门铃应时地响起，我拿起苏沫那女人从美国给我空运回来的COACH手袋，踩着7CM高跟鞋就去开门了。

开门后，关衍就开始莫名其妙地上下打量我，等坐进车里了，他都还是一副欲言又止的表情，我不得不怀疑，难道我这扮相有啥问题？

于是，我打算开口问个明白。

“关衍，你到底想说什么？能不能痛快点！”

“平时你总是穿宽松的衣服，我倒是没发现。”他发动车子，突然变得目不斜视起来，可是说出来的话却让我恨得牙痒痒，“不过，你还挺有自知之明的，礼服知道选这种，能很好地掩饰自己的不足。”

听了半天，我算是明白了他话里的意思，果然男人都一个德性，看女人都只看三围，可恶的是，他竟然敢暗讽我。

“怎么着，没听过胸大无脑啊，这说明我脑子好。”

“这我还真没发现。”

听他说完，我装作拉开车门想要下车的样子，“停车！停车！让我回家，你另外找个有胸有脑的陪你去吧！”

我话音刚落，他就拿眼睛瞥了下我，然后悠悠吐出一句：“不好意思，我还真就只看中了你这没胸没脑的。”

Chapter 5
纯白太白，易显尘埃

每个人心底都有一份属于自己的纯粹，
容不得别人侵犯。
有时候，我们会变得像只刺猬，
只因为有人来扰了这份纯粹。
可是，擦得再通透干净的玻璃也终归是会染上尘埃，
所谓的纯粹，只不过是一种说不清道不明的完美，
越是被束缚，越想去追求。

1.

“关衍，我还忘了问你，你这是带我参加什么晚会啊？”到了目的地，从车上下来后我才想起来问这出。

“公司一庆功晚会。”他走到我旁边，稍稍弯了弯手臂，我会意地挽了过去。

“你够奢侈浪费的啊，一庆功晚会整这么豪华的地儿。”我抬头瞅着他侧脸，继续自我感觉良好地胡扯，“你该不会是有预谋带我来曝光的吧？”

他眼皮都不带眨下的，“叶柯，你这脸皮厚的可赶上玄武湖旁边那城墙了。”

可惜，在我准备辩驳的时候，已经到了会场门口了。

一眼望去，除了西装笔挺的男人，就是妖娆妩媚的女人。

我拿手轻轻捏了捏关衍的手臂，“你该不会是打算带着我绕这样一群人走上一圈吧？”

说实话，我比较担心这个，碰见不认识的我顶多陪个笑，你说这要是碰见认识的，我还真不知道怎么开口，而且绝对不能指望身边这男人会解释清楚。

我这小心思还没结束，就见一穿着黑色低胸礼服、踩着7厘米水晶高跟鞋的女人一脸不善地朝我们走来。

我开始在脑海里不停地搜寻着有关这个女人的记忆，可惜毫无头绪，难道这女人是关衍的姘头？

“你就是叶柯？”

我这刚被自己的想法雷得里嫩外焦，就听见这么一句意味不明、杀气甚浓的话，果断地拍下了心底那把怀疑的小锤子。

“嗯，我是。你是？”

就说旁边这男人靠不住，他竟然只顾着展现他的个人魅力，翘着个嘴角不言不语地装绅士。

“夏岚。”

这名字直接肯定了我不认识她，刚落定想法就见她站那拿眼神瞟我，“你不觉得你这身衣服和你手上那包很不相称？”

眼睛真毒，我全身上下除了这包值点钱以外，其他都是百货市场淘来的，不过看她这一身低调的名牌，我就懒得多说了，“啊，是吗？”

“呵，不过我倒是觉得你这身衣服比这包更适合你。”

得，我就一廉价商品。

突然发现被苏沫那毒舌毒了这么多年的好处是，竟然在不知不觉间产生了抗体。

无论怎么说，眼前这女人都算是长了一副好模子，虽然嘴巴毒了点，不过倒挺养眼，而且我这习惯了左耳进右耳出的毛病刚好也发作了，于是索性装做一副无所谓的样子冲她笑笑。

她似乎明白了，从我这下手没什么效果。

果然，立刻见她脸上表情一转，刚才那冷艳犀利的美女瞬间幻化成一妖艳温柔的小女人。可惜，并不是对着我，瞧她那手，还很自觉地勾上了关衍的左胳膊。

我顺势瞅了眼关衍的反应，结果他只是冲着人家美女笑了笑，都没有开口的打算。

“装吧，总有一天装死你。”我默默地腹诽了一句。

不过，这么大一目标往旁边一摆，我实在没法当做看不见，用脚趾头想都知道现在这场面很诡异，而且换任何一个有点眼光的来看，都会觉得左边那对比较搭。

我把挽着关衍的那只手顺势抽了出来，再从路过的服务生托盘里取过一杯红酒，摆出一副看戏的造型瞅着他们。

2.

好戏开场，美人儿拿眼神瞟了我一眼，然后开始对着关衍撒娇了，虽然这场景怎么看怎么都让我不舒服，可她的确是在撒娇，我不能说谎。

“知道我回国了，这么热闹的场合也不喊我来。”这话听着，怎么有点往肥皂剧方向发展的感觉了。

“你这不是来了？”

这男人，果然对谁都是一副不冷不热的态度

啊，人家一美女这么温柔地说话，竟然也只换来这么一句。

“要不是白天去你公司找你，听你助理说的，你就真的忍心把我一个人扔家里呢？”夏岚继续撒娇道。

我抿了口酒，把注意力从她身上转到关衍那，敢情这两位是同居状态？于是，我开始努力地胡思乱想了。

“你会老实一个人在家里待着？”

啊，我果断凌乱了，这俩人怎么可以不给观众解释下呢，我这完全云里雾里没搞明白状况，这对话发展下去，我真的可以直接走人了，实在太让人浮想联翩了。

我正准备拿眼神问关衍这是个啥情况，却一不小心瞟到了那女人拉着关衍的胳膊越凑越近，好吧，虽然我有点邪恶了，可事实的确是，再近半寸，就挨着她胸了。

不知道是我眼神里的诧异提醒了他呢，还是他良心发现，终于舍得把他胳膊抽出来了。

只见夏岚脸色在瞬间变幻了几种色彩，刚刚收敛的那点杀气又开始冒了出来，理所当然又是冲着我的，我暗叫命苦。

“怎么了，叶小姐，一个人站旁边喝闷酒？”

不知道，她是哪只眼睛在解译我这是喝闷酒，我这明明是在看戏。

看了眼手里的酒杯，我习惯地摇了下，一开口就不自觉学了下关衍那欠揍的口气，“那你陪我喝？”

她听完直接拿眼横了下我，杀气快能残害一只蚂蚁了，“不好意思，我没空，你自个儿慢慢喝吧。”然后，蹬着她的高跟鞋走远了。

我只好无奈地瞅了眼她那婀娜的背影，再瞅了瞅已经空了的酒杯，一脸无辜地看向关衍，“就这么让美女走了，你也忒不厚道了。”

关衍那副表情，要多讨厌有多讨厌，一脸的要笑不笑，出口的话冷嘲热讽，“没想到啊，叶柯，你还挺能忍的。”

所以我似乎有点明白了，敢情这位刚一直在考验我呢，可怜了人家那一美人啊。

我索性一装到底，“嗯？我忍什么了呢？”

刚人美女站这，我脑袋比较短路，竟然忘了问她从哪里来，想往哪里去，虽然不敢肯定这么高深的问题她能回答，但至少我能搞明白这女人到底是干什么来的。

关衍估计又是被我的话给呛回去了，我这

一走神忘了去注意他的反应，回过神就见过来一熟悉面孔，而且正冲着我微笑，意识到目前这场面，我不得不主动开口，“沈总，你也来了呢。”

“看你气色，这几天休息的还不错嘛。”沈昊泽这男人，竟然捡这么一句开场，让人捉摸不准。

不过，总比八卦我来得好，我不自觉松了口气，“这不还得多谢您老的准假，我这正感激涕零着呢。”

我下意识地吐出这么一句话，突然感觉腰间一紧，低头一看，竟然发现关衍把手给蹭了过来，抬头时恰好瞅到沈昊泽脸上那一抹惊讶一晃而过。错觉，错觉，今晚啥都是错觉。

“沈总，怠慢了。”待关衍说完这句，莫名

觉得腰间那手力度更大了。

我开始给自己灌输“与我无关”的信号，就这么安静地听着他俩假惺惺地唠嗑。

3.

看着在人群中周旋的关衍，我明白了一件事，从认识到今天，我对他过去的了解，仅仅停留在青岛听到的那些故事里，都说不清楚我是刻意回避他那些过去还是我真的没主动在意过。

或许真的像苏沫说过的那样，我只不过是在追寻自己想象的那份纯粹而已。

每个人心底都有一份属于自己的纯粹，容不得别人侵犯。有时候，我们会变得像只刺猬，只因为有人来扰了这份纯粹。

可是，擦得再通透干净的玻璃也终归是会染上尘埃，所谓的纯粹，只不过是一种说不清道不明的完美，越是被束缚，越想去追求。

空气中隐约散发着一种叫做暧昧的东西，环绕在男男女女之间，偶尔会让人区分不清，眼前的这些人到底有多少的真实。

大概过了二十分钟，也不见关衍闲下来，而一直跟在他旁边的夏岚，周身散发出那种天生的优越感，如果说不让人嫉妒那就有点虚伪了。只是，这世界有种人只会让你嫉妒，而你却永远不想变成她那般。

我拿着酒杯有一口没一口地喝着，夏岚突然像个迷一样在我心底蔓延开来，最后却依旧没个定论。

于是，我很主动地放弃了这种没有意义的思考，直接坐起来从宴会厅走了出去。

才到门口，发现沈昊泽也跟着出来了，不能装作没看见，只好扯出个笑脸开口了，“沈总，你也打算回去了呢？”

见他那一脸疑惑不解又欲言又止的表情，我实在于心不忍，“沈总？你要是有啥想问的就痛快点，别憋坏了自己。”

“呵呵，叶柯，你还真能藏事。”结果，他就平平淡淡地说了这么一句。

可是，我就有点糊涂了，“啊？”

“你上次跟我说过，你有男朋友了，应该就是关衍吧？”

“嗯。”我没带含糊地就承认了，的确这事也没啥好藏的，本来就没打算刻意隐瞒。

“所以，现在里面那情形，又是怎么回事？”

我尴尬地笑了笑，无辜地表示：“他朋友什么的吧，我也不是很清楚，没问呢。”

他一脸不可思议地盯着我，“叶柯，你这样真的让我有点怀疑……”

“怀疑啥？”我顺口就接上了。

他摇了摇头，轻悠悠地冒出一句：“怀疑你，要么是在跟我说谎，要么就是根本不在乎他。”

我扯了扯嘴角，无可奈何地看着沈昊泽，不知道从什么时候开始，我变得不爱跟人解释这些破事，轻声说了句：“我自己不怀疑就可以了。”

“你……”

他正想继续说点什么，直接被我给打断了，“啊，出租车来了。沈总，这个话题就此打住吧，再往下说就太八卦了。我有点累，先走了啊。”

很不礼貌、很没有尊重上司的意思，我就直接钻进了出租车，挥了挥手扬长而去。

路过一酒吧时，我鬼使神差地喊了句停车，然后脚没听使唤地便进去了。

估计穿成我这样进酒吧的不多，刚往吧台那一坐，就很拉风地招来几个要请我喝酒的，我一得瑟也就同意了，开始各种爽快地点酒，自动无视周边那些乱七八糟的眼神。

这刚喝到第二杯，电话就响了，等我拿着手袋捣鼓了半天，才找到那响个不停的手机，刚掏出来接通，关衍那没好气的声音就传过来了，“你去哪了？”

我拿着酒杯无聊地晃着，“看你太忙，我就先撤了。”

他直接无视我的这句话，重复着上句的意思，“你现在在哪？”

“噢，酒吧呢。”没忍住灌了口酒，带着点口齿不清就把自己给出卖了。

嗯，貌似这句他没给无视掉，迅速给我回了两个字：“地址？！”

说实话，我还真不知道自己在哪，只好求助调酒师，然后对着电话报了一地址，话音还未落，电话就被挂断了。对着手机屏幕盯了半秒钟，我就直接塞进了包里，然后冲着柜台叫了杯Scorpion。

4.

关衍出现的时候，我的Scorpion已经见底了，说实话，这酒的口感还真不错。我意犹未尽，所以打算再点一杯，于是决定无视正在走近的关衍，乐呵呵冲着吧台喊了句“再给我调杯Scorpion”，然后回头就瞅见关衍那一张阴沉的脸。

他看了看倒在我旁边的那俩，沉默了半分钟终于舍得开口了，“怎么回事？”

“噢，刚他们请我喝酒呢，结果就……”

我真不知道他们酒量那么差，应该一人才喝了三杯Brandy吧，就那么倒下了。不过幸好，酒钱不用我付，要不多心疼啊，看他们那么牛饮还真让我有点难过。

正在我为那点Brandy不值的时候，第二杯Scorpion已经调好了，我很自然地伸手准备端起来，不料被关衍抢先，直接给端到了一边。

我抬头很不识趣地盯着他，“诶，七十一杯呢，给我。”

见他那想吃人的眼神，莫名感觉一阵凉风嗖嗖吹过，我一哆嗦就很没出息地换了语气，“好吧，我不喝了，你真浪费。”

于是我开始在手袋里找钱包，等我刚艰难地把钱包掏出来时，关衍已经在吧台结账了，然后拽着还没站稳的我一言不发地就往门口走去。

“喂，关衍，你走慢点。”估计刚那杯Scorpion开始发挥作用了，再被他这么一拽，还真有点晕乎。

刚出门，没忍住又哆嗦了一下，夜晚这风吹在身上还挺凉的，抽出被他拽得有点痛的手，搓了搓光溜溜的手臂，才想到我外套还扔在他车里。

正准备抬头问他车停在哪，就见他终于舍得停下脚步肯回头看我，可惜很不凑巧却让我闻到了一股忒性感的香水味。我只能默默哀叹一下，不自觉抬起胳膊闻了闻自己，哎，连沐浴露的香味都没，而且今晚更可怜，只有满身的酒味。

他终于恢复了常态，估计是看到我冻得直哆嗦，脱了他的外套就给我披上了，“怎么，你是终于舍得吃醋了，所以一个人跑出来喝闷酒？”

我突然想到，难道我平时表现的真就有那么没心没肺，还是真像沈昊泽说的那样，我就整一副不在乎的样儿？实在想不明白，只好紧了紧披在身上的衣服，开始借着酒劲装疯卖傻。

“什么叫做终于？你是我男人，一晚上旁边却扒拉着那么一女人，前提还是那么一凹凸有致的女人，我肯定不爽啊！”这话要多理所当然就有多理所当然。

他闷笑不止，拉着我开始往停车的方向走去，“叶柯，你这只能叫做自作孽，刚在晚会上，你还不是满脸的无所谓嘛？”

“谁知道那女人是你什么人啊，我可不敢轻易得罪。”终于轮到我冷嘲热讽一次了。

他很坦然地就随口接上了，“哦，是吗？原

来你还在意这些呢，看来今晚我收获不小。”

“关衍，你是不是觉得我最近对你太好了？”再跟他这么闲扯下去，估计先被气死的那个是我，他这怨夫气场已经完全盖过我了。

走到车旁边，他拉开车门直接就把我摁了进去，然后“嘣”的一声把车门给合上了。我都来不及抗议，他就从另一边冒进来了。

“叶柯，别转移话题，别忘了今晚的账我们还没算完呢。”他都没有扭头，直接就发动了车子。

5.

刚在外面被风一吹没发觉自己喝了多少，现在坐在车里晃悠，才深感胃里有点翻腾了。本来打算继续跟他理论这乱七八糟的账，可眼皮不听使唤在打架，我只好含糊应和了声，直接闭眼就睡着了。

醒来的时候关衍刚好把车停好，迷迷糊糊第一反应就是拉车门，胃里实在难受得紧，只想着快点回家给吐出来，“我先上去了啊！”

刚走到楼道门口发现关衍也跟了过来，他揽过我就往楼梯里走，“我送你上去。”

到家第一件事便是窝卫生间里把胃放空，所幸我还挺清醒地知道把关衍锁卫生间外面，这狼狈样儿还是自己打发的好。喝不醉也没啥用，胃太脆弱了。

等我磨磨蹭蹭把自己收拾好出来的时候，发现关衍躺沙发上睡着了，看来他晚上折腾的也够累了。

“关衍？”我只好把他弄醒，“累了就回去睡觉，我没啥事了。”

他似乎只是假寐了一下，瞧他睁眼后那精明的样儿就知道，他半靠在沙发上拍了拍他旁边的位置示意我坐过去，然后摆出一副审问的表情出来，“别想打发我走，都说了，今晚的账还没算完呢”，这场景转换的，快得都让我有点没反应过来。

我不自觉扯了下嘴角，乖乖坐了过去，“算就算，谁怕谁。”

“说吧，先前那些男人到底怎么回事？”他继续开始翻我刚在酒吧的乱账了。

“不都说了嘛，他们请我喝酒，结果把自己给喝倒了。”我侧了个身，各种心胸坦荡荡地瞅着他。

“就这些？”他依旧一脸不相信的表情。

看着他那表情，我一没忍住就开始邪恶了，乐呵呵地抬起手凑过去挑了挑他下巴，“我说爷，你还认为有什么呢？你说你这么一优质男人都已经免费给我调戏了，我怎么还会去勾搭那些货色呢？”

分不清他这是不是因为被调戏后的不甘心，只见他直接拽住我勾着他下巴的手，毫不含糊地就吻了过来。

等我反应过来的时候，事态已经发生到无可挽救的地步了……

事后，我拿光脚碰了碰躺在旁边的人，“我说关衍，你这是早有预谋的吧？”

他眼皮都没动一下，连着被子一起直接把我卷了过去，“怎么着，上了船还想退票？！”

我突然后知后觉想到一事，“关衍，你是不是还有什么没交代的？”

等了半天没听他开口，快以为他就这么打发了我的时候，才听见他悠悠开口……

“哦？这么说，你们还是青梅竹马呢！”我忍不住开始八卦起来。

“注意用词，我们顶多算是发小。”他还不忘一本正经地纠正，然后继续交代他们那点边边角角。

五分钟后，我终于弄明白了他们那点关系，绝对的国产电视剧的回忆情节，从关衍陈述的语气中，我只能说，这就是青梅竹马。

那些年，关衍他爸妈和夏岚他爸妈住在一个院子里，而关衍又早夏岚两年出来祸害人间，等到夏岚哭着被送进幼儿园开始，便是关衍领着护送回家，理所当然的哥哥妹妹戏码。

只是，难道关衍不明白，这年头，女人心底藏着的王子大部分都是小时候挡在自己前面的那个和自己没有血缘关系的哥哥吗？

所以，我忍不住中途打断，而且不忘幸灾乐祸地表达一下，“可是关衍，你那发小可对你着迷得很呢！”

然后，他开始抗议，“叶柯，你到底是要听还是不听呢？”

“听，听，你继续你继续。”我只好装小女人状，继续听他说他们的那点过往了。

再五分钟后，他们终于长大成人了，虽然我直觉这中间有偷工减料的成分，可愣是不敢有所质疑，我深刻明白这样一个道理：对于一闷骚的男人在敞开心扉谈论过往的时候，作为听众最好不要胡乱猜测，否则这故事铁定会夭折。

“也就是说一直到高中你们都读的同一所学校，只不过你一直比她高两级而已？”

“嗯。而且她学习能力很强，一直都是学校的风云人物。”

这种姑娘天生就带着公主的光环，走到哪亮到哪，不过说实话，我并不反感，可以说，更多的是羡慕，毕竟，脑袋好使可以少走很多弯路。所以，这也就解释了她那与生俱来的强烈优越感是怎么来的了。可惜，因为这点，我潜意识里开始选择避而远之了。

听到后来，我实在没顶住周公的召唤，有一声没一声地应着，最后很没出息地在这样重要的八卦面前昏睡过去。

等早上被闹钟吵醒的时候，发现旁边多了一人，才突然想到昨晚似乎发生了点什么，我很无耻地冲着一起醒来的关衍就喊：“我酒后乱性也就罢了，你竟然乘人之危！”

他直接拿眼睛横了我一下，然后说了句万分欠揍的话：“我都没说让你对我负责，你倒先嚷上了？！”

我都来不及凌乱，他就大大方方地爬出了被窝，慢悠悠地穿好衣服后，回头冲着我说了句，“不过放心，我不像你，我会负责到底的！”

6.

如此凌乱的一个早上，终于在我的神魂颠倒、手忙脚乱中过完了，恢复正常的时候，我已经在公司里恶补前几天落下的工作了。

我不知道两个人的关系怎样才算作是有进展，只知道每一个意外的发生都会带来一些理所当然的发展。

例如现在，自从那晚过后，关衍就总会找到借口赖在我那不走。可是，如果工作忙起来，无论是我还是他，联系依旧会少得只剩每晚的那一句晚安。

趴在床上闭着眼睛胡思乱想，关衍坐在旁边拿手卷着我的头发玩，我总是习惯地去忽视那些会让自己难受或者将会让自己难受的事，可是偶尔又会发现，它们还是会不经意地跳进脑海中。

“关衍，这么多年，你跟夏岚真的就没发生点什么故事？”我连眼睛都懒得睁开，就无聊地开始八卦。

他莫名的一脸满足样，“虽然说，你吃醋让我很有成就感，不过叶柯，这些低质量的醋还是少吃为妙。”

这都什么话，什么叫做低质量，要知道夏岚那可不是一般的女人，那质量相当的高啊！我忍不住抱着被子就坐起来了，“那质量还低？天啊，关衍，那高质量的会不会直接亮瞎我双眼啊？！”

他终于没忍住翻了个白眼，“你想象力真不错，赶快睡觉，你每天都顶着那俩黑眼圈，就不怕人说闲话？”

“说啥闲话？”

见他突然满脸的坏笑，“纵欲过度”，扔给我这四个字后他就自鸣得意地躺下闭眼睡觉去了。

我终于没忍住打算谋杀枕边人，拿着枕头就扑了过去，可惜力不如人很快被制服。迷迷糊糊睡着前，似乎听到他说了句，“我只当夏岚是妹妹，过去什么故事也没有，将来也不会有。”

这话听起来多像八点档电视剧情节里面的台词啊，我还不忘继续含糊地表达一下自己的想法，“这年头，大多数问题可都发生在这哥哥妹妹上了呢。”

片刻，突然毫无心理准备地被他转过脑袋去狠狠落下一吻，感觉快呼吸不畅的时候，才被放开，“叶柯，我认真地告诉你，就算没有你，我和夏岚也不会有什么发展，所以，你这些乱七八糟的想法趁早收拾干净，现在给我安静地睡觉。”

我分不清是实在困到不行不想继续纠结，还是对这个答案很满意，总之就真的很听话的“嗯”了一声，然后安安心心见周公去了。

只是，却做了一个很长很长的梦，梦里单调

而昏暗，只有我自己，在不停地玩着自问自答的游戏。

悠悠转醒的时候，发现关衍还在睡梦中，侧过身看着他的脸颊，我清楚地知道了一个事实，再怎么不说“爱”这个字，都改变不了“已经爱上”这个事实，就算逃得再远，只要还有想要的未来和幸福，就终归是会绕回这条路的。

那些失败的过往虽然不会再困扰自己，却早就养成了小心翼翼的毛病，我只能那么安静地观望，再安静地向前走。或许，想要得到更多，就只能先努力付出更多吧。

Chapter 6
慢慢远去的喧嚣

我一直都坚信，

幸福存在于某个未知的未来，

只是，我怎么也没有想到，

幸福是来了，未来却没了。

谁也无法告诉我，

人生是该有多勇敢才会选择独自上路，

又该是有多坚强才不会怨天尤人。

1.

大早上的刚到公司，就听Jodie说沈昊泽找我去他办公室，敲门进去后，却见他头也不抬地继续忙他的工作，于是，我不得不主动开口，“沈总，你找我？”

“嗯。”他这才放下手上的活，抬头看着我，“D.C.Production的项目又追加了投资，你知道吗？”

我掩饰掉突然而至的那一点惊讶，顺口答

道："这刚听你说，什么时候的事呢？"

他似乎也有些惊讶，却也只是一晃即逝，"昨晚，关衍直接电话跟我说的，待会儿我们会就此开个会讨论下，你回去准备下。"

"嗯。好的。"

有时候，我会觉得自己目前的处境多少有些尴尬，只要这个项目还在我手上，我和关衍之间就总存在着那样一个微妙的平衡不能去打破。偶尔，我会讨厌这种不职业的心态，却又无能为力。

在我准备从他办公室出去的时候，却突然听到他欲言又止的声音，"叶柯……"

我稍微停下了脚步，有点疑惑地回头等待他的下文，在我快以为刚刚听到的只是错觉的时候，才见他犹豫地开口，“你是真的爱关衍吗？”

有时候我会想不明白，像他这样一个懂得进退又能洞察人心的男人，为什么会在这些问题上如此的纠结，我只能在心底无奈地叹了口气，说出的话却是连我自己都有点惊讶的肯定，“嗯，是的，我爱他。”

原来，承认爱上谁并没有想象中的那么困难。我没有再去注意他听到这话之后的表情，也没有继续等在原地。人与人之间，纠缠太深的话，总会不自觉投入一些不一样的感情，我害怕这种进退不得的独处，所以，只能远离。

安逸的日子过久了，我对这种复杂的人际关系是越来越应接不暇了，按了按又在隐隐作痛的脑门，突然想到了上次在医院医生似乎建议我去做个什么检查，再加上最近身体状况不是很好，于是打算是该去看看了。

终于在一个难得的休息日里，说服自己踏进了医院的大门，刚做完脑部检查从楼上下来时，却不小心撞到人，结果愣是被她那身刺鼻的香水味给整去了卫生间。

当我扶着洗脸台吐完后，才后知后觉意识到似乎有哪儿不对劲，一直以来，我对这些气味并没有那么大的反感。一瞬间，身体像是被接通了电流，惊得自己动弹不得。

当我确确实实拿着那张下了定论的化验单时，还依旧恍惚地认为，或许这只是一个梦，不自觉摸了摸小腹的位置，什么时候开始，这身体就已经不再是我一个人的了呢？

孕育生命本该是一件神奇而神圣的事，可如今自己身体里的这个小生命却来得如此悄无声息，我都已经无法去思考，该拿怎样的心情去面对她。

还记得很久以前，每每在那些小孩子面前迈不开脚步的时候，总会被苏沫鄙视说："叶柯，既然你这么喜欢小孩，就该早早找个男人，赶紧生一个。"

而我，也总是否定地回她："那可不行，自己生那太辛苦了，十月怀胎啊，可不是眨眼就能过去的。"几乎说完这话，就会瞬间被她从孩子面前拽走。

所以，我怎么也不会想到，这一天会来得这么突然。

怀孕了，就意味着要面临太多的东西，可对于目前我而言，却还有太多没理清楚，那么，我又该如何去面对这样一个生命呢？再者，我到底该怎样去告诉关衍呢？

2.

第二天早上醒来时，依旧错觉地以为那只是一个足够真实的梦。只是，等彻底清醒过来时，发现那张化验单就在床头的柜子上。

我突然没能弄明白自己，想法和行动完全处于矛盾状态，我不认为自己接受了目前的状况，可是却又莫名地小心翼翼，那些平时匆忙急躁的动作都不自觉变得缓慢起来，连去上班都不可思议地放弃了去挤公交而改为打车。

一整天下来，恍恍惚惚考虑了很多事情，却始终在犹豫要不要告诉关衍。

于是，索性在下班的时候，约了苏沫见面，这么多年，遇到所谓的大事，总会第一个想到她。

“那么，你是在迟疑什么？”等我把一切都坦白后，苏沫很认真地问我这样一句话。

“谁知道啊，我就是莫名其妙地觉得这孩子来得有点不是时候。”

她估计是习惯了我这神经质的想法，平平淡淡地阐述道：“叶柯，那你认为什么时候才叫做‘是时候’？结婚后，还是分手后？你不觉得你太过于小心翼翼了，这世上哪有那么多事能等你准备好？很多事情的发展都是没有预知的，把你那点不安全感好好收起来，该怎么着就怎么着吧。”

有些想法知道是一回事，可听人说出来却总感觉又是另一回事了，所以我总是忍不住去辩驳，“可是，那些本来可以轻松应对的事情，现在却不得不变得复杂起来。”

她索性放下她正准备夹菜的筷子，“那么，叶柯，你倒是说说，你原本是想怎样轻松去应对，现在又怎样变得复杂了？还是说，那条你为自己准备好的可以随时全身而退的后路，现在因为你肚子里的这个孩子而被堵死了，然后就变得惴惴不安起来了？”

是啊，从来都知道，我的那些小心思总会被她一眼看穿，我不知道该怎么去回答，只是就那么看着她，她也没有打算听我解释什么，继续往下说着：“你总是这样，越是想要越会给自己留足后路，简易已经沦为过去式了，难道你还想将来哪一天关衍也沦为过去式吗？后路堵死又怎么了，这样你才会义无反顾地往前走，你不是不明白，你就是太偏执了。”

我摸了摸小腹，“苏沫，你知道吗，正是因为有太多的不确定，有太多的没有准备好，所以我才总会选择给自己留条后路，有时候我会想，我宁可一个人孤独终老，也不要再经历一次那种背叛。”

“叶柯，你不能把每个人都想象成简易，那只是你人生中出现的一个个例，你不能把他给你的伤害无情地附加到另一个人身上，那样没有任何意义。夏岚出现了又能怎样，既然关衍已经明确地跟你表示过了，为什么你就不能选择彻底地相信他，反而要去担忧那些根本不会存在的将来呢？”

突然发现她口才越来越好了，以前还不至于这么大段大段的给我说教。

“我并没有不相信关衍，反而，我很相信他。我只是不相信我自己而已，我想要的东西过于纯粹，所以总感觉，如果有一天发现那里面染了杂质，就会不自觉地想要放弃。”

很多时候，我会发现自己过于决绝，对自己更甚。如果说，只有站在极端的两头才能看清事物的全貌，那么我又何尝不是在拿自己做实验呢？或许至死，我也不能看清那些所谓的事实，可却又总忍不住，继续这样往前走下去。

“叶柯，你真的没得救了。这世界没有一尘不染的事物，你可不可以不要陷在那样的死角里啊，你不觉得，这正是时候，让你从那个牛角里钻出来了？”

“钻进去了这么久，哪有那么容易出来。我倒也想活得洒脱点啊，可你也知道，这几年我一直钻在里面，现在根本不知道出口在哪了。”

“得，路是你自己选的，别后悔就行。不过我还是建议你，尽早跟关衍商量下吧，毕竟你肚子里那家伙可不是你一个人的功劳，不管从哪个角度来说，他作为孩子的父亲，都该有知情权。”结果，她还是不忘卖弄一下她的专业。

“知道了，啰嗦大王。其实，我也没打算不告诉他，只是有点烦躁怎么偏偏赶在了这么个时间而已。”

“知道就好，有人可以一起承担的事，就别往自己一个人身上揽着，看你活的太累，我也跟着不安宁。”

我会跟她做朋友这么多年，也就是因为太喜欢她这样的性格了，想说的话想做的事，都是这么干净利落。

“嗯。吃你的饭吧，真该替孩子他爹谢谢你的谆谆教导了。”为了把那点沉重的气氛给赶走，我只好又转移话题。

意料之中看到了她的白眼，我乐呵呵地应付了两声，心情随之变得轻松起来。

既然不可预知未来，那么，关衍也该知道这个对他而言不知是惊还是喜的消息了。

3.

晚上临睡前，在我思考怎么跟关衍开口时，就接到了他的电话。

“睡下了？”

他声音里透着藏不住的疲惫感，看来又是刚加完班，除了能在嘴上说两句关心的话外，其实我什么也帮不了他。

像平时一样和他随意地说着一些有的没的，临近挂电话的时候才突然想起，差点把最重要的事给忘了。

“你明天晚上有空吗？”我试探地问。

听见他轻轻地笑出了声，看来心情还算不错，“嗯，怎么，想我了？”

难得我心情也还行，索性就满足了他这次，“是的，想你了，想约你这个大忙人一起吃顿晚餐，怎么样，能腾出时间吗？”

他估计是做好了准备等我回嘴，却没料到我这么顺着他，很明显发现电话里安静了半分钟，然后才听到他愉悦的声音，“叶柯，你这是终于开窍了吗？”

“我说关衍，你别得了便宜还卖乖！”实在忍无可忍，直接给他呛了回去。

他的笑声从电话那端溢了过来，“哈哈，行，那明天下班，我去接你。”

此时，我似乎看到了他那难得上扬的嘴角，如同上玄月一般突然出现在本是漆黑的夜空，瞬间将我心底的那点黑暗照得通明。

难得一晚上好眠，只是早上醒来后，却莫名地开始紧张起来，或许因为如此，便一直有些游离在状态外。

Jodie路过我座位时，愣是没忍住问了句：“叶柯，你是碰到了啥开心的事儿呢？”

不得不承认，怀了孕的女人会莫名其妙地变得迟钝起来，我愣是一脸迟疑地看着她答了个“啊？”

她没忍住笑了半天，凑近我轻轻地说了句：“你一直在傻笑。”

原来，我一直在笑吗？我努力地收敛着自己

的失态，正准备跟Jodie说没事的时候，发现摆在办公桌上的手机响了起来，屏幕上是个陌生号码在闪个不停，Jodie吐了吐舌头回到了她自己的办公桌。

我瞅了眼她的背影，拿起手机去走廊里接通电话，“你好，哪位？”

“你好，是叶柯吧？”陌生的声音透过无线终端敲响我的耳膜。

我只能继续疑惑地开口：“嗯，是我，你是？”

“我这边是市立医院，你上次做的检查结果已经出来了，情况不是太好，你今天要是有空的话，来趟医院吧。”

我只感觉脑袋“嗡”的一声，甚至都差点忘了该怎么去组织语言，迟疑了好久后才敢开口：“可以告诉我，是什么情况吗？”

“从你的脑部CT图上显示，可能是脑瘤，你要有心理准备。”

对方的语气听起来似乎有些小心翼翼，却又显得很不真实，我只能那么举着手机往墙角靠去，努力地张了张嘴想要说点什么，可却发现发不出任何声音。

“叶小姐？”

“叶小姐？你还在听吗？”

我努力地调整呼吸，“是可能，是吗？”

“嗯，是的，所以我们建议你尽早再来医院做一次复查，以便更及时地进行排除或是治疗。”

我挣扎着从眼前的黑暗中出来，努力安慰着自己，或许只是误诊，我已经没有办法去思考更多，只能凭着本能，一步一步往前挪着步子。

4.

临近中午，我找了个借口跟沈昊泽请了一下午假，然后抱着所有的奢望和不安，去了医院。

当我拿着上次的检查报告从医生那出来后，整个世界就开始变得恍惚起来，只能靠着楼道的扶手慢慢向下挪着步子。

医生的话还在脑海里反复地循环：“叶小姐，从目前这张CT图来看，你的左脑这个位置有一块很明显的阴影，是肿瘤的可能性很大。而且从位置上看，应该是恶性的。”

我已经无法区分，“可能”这个词到底有多少份量，可我却不自觉地去奢望那哪怕只有千分之一的错误，每一步都像是踩在云端，或许下个一不小心就会踏空，而后坠下高空。

我差点都快忘了，前一天我才决定封掉自己所有的退路，去打算和那样一个人相守到老，可笑的是，只是迟了这么一天，就被告知，光是所谓的老去，就已经是一种奢望。

这世界，总有那么一两件事，是我们真正无能为力的。

做完所有的复查离开医院后发现，阳光还是灿烂如初，人只不过是一种卑微而渺小的生物，我已经没有那么多时间去自怨自艾了吧。

有风吹过，路边的梧桐树叶落了一地，环卫工人正在不远处清理着这些凋零的生命，手机在口袋里响个不停，接通，耳边传来关衍那熟悉的声音。

“晚上想吃什么呢？”

“对不起，关衍，今晚我要加班，去不了了。”我忍住临近崩溃的情绪，努力编制着推脱的借口。我知道，只要见到他，我会脆弱到不堪一击。

我一直都坚信，幸福存在于某个未知的未来，只是，我怎么也没有想到，幸福是来了，未来却没了。谁也无法告诉我，人生是该有多勇敢才会选择独自上路，又该是有多坚强才不会怨天尤人。

昨天苏沫才开导过我，原来人生真的没有那

么多的准备好等着我，哪怕只是下一秒的未来，我们都无法去预知。就连那些根据大纲而撰写的故事，也可能会因为作者的一时兴起而更改方向，更何况所谓的人生呢。

跌跌撞撞走过了二十几年，总觉得想要的幸福会在哪个转角等着我，所以，才一直努力地在寻找。

今天之前，哪怕有再多的不安，却也都在不确定中以为，故事已经翻到了快结局的位置，等到尘埃落定，便可学着别人那样说：“我们就这么凑合，一起老去吧。”

却突然发现，上帝只是跟我开了个玩笑而已。

我茫然地看着过往的行人，每个人的面孔都千篇一律地写满了疲惫，他们不会在意我的悲伤，就如同我不会发现他们的痛苦那样。

关衍的声音还在耳边继续，温柔到让人无法招架，“那我今晚去你那？”

我努力地想要答应，可说出来的却是回绝的话。

所有的无助像是临近爆炸的炮竹，声音因此而变得哽咽，我只能扔下一句“对不起”便急匆匆地挂掉了电话。我克制此时的悲伤，仰起头，有泪滑落。

如果说，人生偏要辜负哪一个人才能算结束，那么，我和他之间，是不是就会以我的辜负而结束呢？没有人回答，除了那些从眼前飘落的已经凋零了的树叶。

未完，待续。